Venez donc passer
quelques jours chez nous…

Ghislaine Ottenheimer

Venez donc passer quelques jours chez nous…

Albin Michel

© Éditions Albin Michel, 2008

À J.P. et à toute sa famille

À sœur Josépha

À mes enfants

PROLOGUE

Une maison !

« Entre Cévennes et Luberon, dans un village typique... » Au début, je m'amusais juste à feuilleter les petites annonces immobilières de la dernière page du *Nouvel Observateur*. Une longère dans le Morbihan, un mas provençal dans les Alpilles, un manoir dans le Quercy... Je me régalais, je naviguais de vie en vie. M'imaginant un jour dans une maison de pêcheur, au bord de l'océan, avec un petit bateau amarré au ponton. Le lendemain dans un moulin, au fin fond du Perche, avec des poulains gambadant dans le pré. Vieilles pierres, architecture métallique d'avant-garde, tomettes, allées d'oliviers, grillons... À force de matérialiser mes rêves, de formaliser mes désirs, je commençais à me prendre au jeu : et pourquoi pas acheter une maison ? Qu'est-ce que j'aimerais vraiment ? Une ferme isolée, une demeure ancienne, une maison d'architecte ? Près de Paris, dans le Midi ?

Les années passant, la famille s'élargissant, nous commencions à nous lasser des incessantes transhumances, au rythme effréné des vacances scolaires, avec tout un déménagement : vélos, bouées, pelles et râteaux, raquettes de badminton, berceau pliant, chaise bébé, stérilisateurs de biberon... Sans compter la maison de poupée Barbie que la cadette voulait absolument emporter ou le trampoline de l'aîné. Nous en avions plus qu'assez des hôtels toujours plus séduisants sur la photo que dans la réalité, des locations pourries, avec les transats qui s'effondrent, les lits qui grincent, le four crasseux, la douche qui distille un filet d'eau tiède. Quant aux séjours chez les parents ou les beaux-parents, aussi charmants et accueillants soient-ils, on est contraint de respecter un rythme, les horaires fixés pour le dîner, car, comme dit la maîtresse de maison, « il faut que je m'organise ». Sans compter les réflexions incessantes sur la façon d'éduquer les enfants !

Bref, nous avions envie d'un chez-nous, où nous nous sentirions à l'aise. D'une maison pour réunir notre nichée. Lui donner des racines. Une maison qui serait silencieuse et solitaire ou pleine d'amis, de rires et de cris d'enfants. Au choix. Selon notre volonté. Une maison où pourraient se mélanger les générations, les copains et les voisins. Avec de grandes tablées, des feux de cheminée, de vieux fauteuils confortables, et bien sûr une cave. Une maison qui résisterait au temps. Qui durerait. Une porte vers l'éternité. Un sésame pour la liberté. Un pari sur l'avenir.

Parisiens de souche et dans l'âme, nous finissions, comme tout citadin, par éprouver le besoin de nous ressourcer dans un lieu « authentique », à l'abri des fracas du monde. Nous voulions de l'espace. Pour entasser livres, disques, souvenirs. Pour conserver les jouets des enfants, leurs déguisements, dans de grands coffres, au grenier. Dans un appartement, on finit par étouffer. Nous avions envie de grattouiller la terre, de planter des arbres, d'entendre les petits oiseaux. Cicéron a écrit : « Si vous avez un jardin et une bibliothèque, vous avez tout ce qu'il vous faut. » Nous étions mûrs pour vivre la grande aventure : acheter une maison.

J'ai commencé à visiter de manière aléatoire, au gré de mes déplacements, des villas « bien situées », mais sans charme, des ruines splendides, avec « éléments de décoration d'origine », excessivement chères, des « maisons de pêcheur avec vue sur la mer » donnant sur un boulevard... Et puis, j'ai resserré mes recherches. Je me suis concentrée sur un petit village du massif du Mont-Blanc où je skiais depuis des années avec J.P., un guide extraordinaire, et où j'avais de nombreux amis.

« Chalet savoyard à rénover », « résidence au pied des pistes », « programmes neufs exceptionnels », « maison de village »... Avant chaque visite, alléchée par le libellé de l'annonce et les descriptions paradisiaques de l'agent immobilier, mon cœur battait. Et si, cette fois, j'étais tentée ? Est-ce que je franchirais le cap, vraiment ? Mais rien ne correspondait à mon rêve sur papier glacé. Jusqu'au jour où, grâce au bouche à oreille, je tombai sur la perle rare : une vieille ferme d'alpage, au fond du village, en bordure des prés, avec un jardin et un immense cerisier. Cette bâtisse n'avait pas très fière allure : toits de taule rouillés, crépis lézardés, balcons branlants, volets délabrés... Mais, à peine franchie la lourde porte en mélèze menant à ce qui était jadis l'étable, j'étais sous le charme : de grosses dalles de granit irrégulières au sol, un grenier découvrant une imposante charpente, une vue à couper le souffle sur les aiguilles de Chamonix, cette maison avait une âme. J'avais trouvé mon coin de paradis.

Je me suis mise à dévorer les revues d'architecture, les magazines de décoration, les livres sur l'artisanat savoyard. Je tirais des plans sur la comète, tous plus improbables les uns que les autres, car tout n'est pas possible. On est prisonnier des murs porteurs, du SHON[1], des règles d'urbanisme. Même en trichant un peu, les mètres carrés ne sont pas extensibles. Le compte en banque non plus. Très vite, j'abandonnai la salle de fitness, le billard, le jacuzzi…

Une fois obtenu le permis de construire, premier coup de pioche, premier bonheur. Notre rêve commençait à se concrétiser. Les mois ont passé. Puis les années. À force de réunions de chantier, de suppliques aux corps de métiers, et grâce à la constance de l'architecte, un jour, enfin, notre vœu fut exaucé. Nous nous installâmes. Canapés, tapis, fauteuils, tables, chaises, commodes soigneusement accumulés trouvèrent leur place. Après des années d'efforts, nous allions enfin en profiter. Et partager ce nouveau bonheur. Fière comme Artaban, je criai urbi et orbi : « Mais venez donc passer quelques jours chez nous… »

1. Surface hors œuvre nette. Le SHON doit être inférieur ou égal à la superficie du terrain multipliée par le coefficient d'occupation des sols (COS)…

CHAPITRE PREMIER

« Je vous fais visiter ? »

Cette maison, bien sûr, je la voulais gaie, ouverte, accueillante, bourdonnante. Et le premier été, pour mon plus grand bonheur, elle fut pleine à craquer. Enfants, amis, parents, frères, sœurs, cousins. Déjà tout un programme. Mais à ce ballet incessant, s'est ajouté celui de tous ceux qui « viennent voir ». Les voisins, qui ont « juste passé une tête durant les travaux » et aimeraient « voir le résultat ». Les amis d'amis, qui ont une maison dans la vallée, et que cela amuserait de « voir ce que vous avez fait »... Voir, tout le monde veut voir. Sans compter les vagues connaissances qui profitent de l'occasion pour faire une virée dans le coin, pas mécontents si, au passage, on les héberge pour une nuit ou deux.

Dring... La sonnette retentissait toujours vers midi. À l'heure où l'on profite d'un peu de calme avant le déjeuner, ou vers six heures du soir, alors qu'on se repose tranquillement de retour de balade !

– Bonjour, je suis Mme R., vous ne me reconnaissez peut-être pas, j'habite la maison en face de l'immeuble des Chéserys. Je suis la femme d'Alain, le chef pisteur...

– Mais oui, bien sûr...

– Dites-donc, vous avez fait de sacrés travaux...

Et immédiatement, je répliquais :

– Entrez. Je vous fais visiter ?

Dans un genre plus mondain :

– Bonjour, je suis la sœur de Pierre P. et voici mon mari, Antoine. Je crois que nous nous sommes déjà rencontrés chez les G.

On se serre la main avec un sourire entendu, même si on ne se souvient de rien du tout.

– Nous aussi, nous sommes en train de retaper un chalet aux Praz.

– Formidable !

Nouveaux sourires entendus.

– Nous passions devant chez vous, alors nous nous sommes dit... que...

– Mais entrez donc... Je vous fais visiter ?

Cette phrase, j'ai dû la prononcer deux cents fois. Au début, je dois dire que c'était un cri du cœur, une façon d'offrir mon amitié, de me faire accepter par ma nouvelle communauté.

Parce que avoir une maison, être propriétaire, c'est très différent de la location, de l'hôtel, du séjour chez les copains. Vous devenez acteur. Vous comptez. On vous parle des problèmes de PLU[1], de stationnement, de voirie, de ramassage des ordures, de réverbères... Tous ces sujets d'ordre municipal sur lesquels on n'a aucune prise dans les grandes villes font, dans un village, l'objet de débats, de pressions, de petits arrangements. Et puis votre contribution est sollicitée pour nombre d'événements. L'organisation de la fête du quinze août[2], l'assemblée générale de l'association des résidants, la fête du Livre, le vide-grenier, la tombola, le bal du Quatorze Juillet, la kermesse...

Quand on se croise au marché, devant la supérette ou sur la route principale, entre habitants du village, on parle du temps, mais aussi des initiatives du maire, du prix de l'immobilier, l'immense préoccupation des habitants qui, au fil des ans, se voient obligés de vendre des habitations séculaires. On évoque les maisons qui sont à vendre et celles qui ont été vendues. Celles qui ont été vendues à des gens charmants, et celles qui ont été vendues à des gens « bizarres ». Les papotages, les cancans font partie des plaisirs quotidiens. Même si l'on sait qu'on en dit sans doute de belles dans votre dos. Dans

1. Plan local d'urbanisme.

2. Le quinze août, la compagnie des guides de Chamonix organise une grande fête avec bénédiction des cordes et des piolets, kermesse, buffets, spectacle son et lumière. Les revenus sont versés à la caisse de secours.

ce contexte, faire visiter sa maison est une opération diplomatique. Un geste pour se faire accepter, apprécier. Pour lier connaissance.

Et puis, une nouvelle maison est un sujet de fierté. On est content de montrer le résultat. On goûte sa victoire sur les tracasseries administratives, les réglementations, les inerties. On glousse au moindre : « Mais c'est magnifique… Très réussi… Ah, ça ! c'est une très bonne idée ! Très astucieux… Mais c'est quoi, de l'acier, du zinc ? » On explique dans le détail, sans rien épargner au visiteur, ni la cave ni le local technique. On répète et on répète comment on est tombé sur cette « affaire ». Comment « on a dû tout refaire ».

– L'intérieur a été entièrement démoli, vidé du sol au plafond. Là, c'était de la terre battue ! Il ne restait plus que les poteaux, précise-t-on avec un luxe incroyable d'explications, comme s'il s'agissait de l'antichambre de la tombe d'un pharaon.

À ce stade de la visite, on s'attend à quelques protestations, du type : « On s'en fiche de vos histoires d'électricité, d'isolation, de chiens-assis, de pignons faîtiers… » Or pas du tout. Au contraire. À chaque fois, les visiteurs en redemandent et en profitent pour déballer leurs propres mésaventures. Une vraie catharsis.

– Nous, c'était pire, on a découvert que même la charpente était pourrie.

– Nous, on a eu un problème de cote, et du coup, quand ils ont coulé la dalle, on s'est aperçus que la porte d'entrée faisait moins de 1,80 m !

Chacun a son *Monsieur Tanner*[1].

Faire visiter sa maison, c'est dévoiler son identité, découvrir un peu de son âme. La cuisine est minuscule ? Les propriétaires n'aiment pas trop se mettre aux fourneaux. Pour les amis, ce sera saucisson-pain de campagne ou traiteur. Pas de baignoire, rien que des douches ? Cela fleure bon le souci de l'hygiène, le sens de l'effort. Pas de télévision non plus, ou juste un vieux poste dans un coin pour regarder les nouvelles ? Cela va généralement avec la douche. Toujours cette angoisse de ne pas sombrer dans la facilité.

Moderne ou dans son jus. Pratique ou design. Ordre ou désordre. Dites-moi où vous habitez, je vous dirai qui vous êtes. Cave, réserve de bois, home cinéma, wifi, bibliothèque, table de jeu, piano, photos aux murs, dortoir pour les enfants... Chaque détail est révélateur du caractère des propriétaires. Bohèmes, aventuriers, insouciants, pantouflards, conformistes, radins, tape-à-l'œil...

---

1. Le héros de *Vous plaisantez, monsieur Tanner*, un roman de Jean-Paul Dubois, publié en 2006 aux Éditions de l'Olivier. La chronique drôle d'un chantier infernal.

Durant ce premier été, on parle abondamment récupération d'eau de pluie, béton lissé, drainage, crépi à la chaux... On échange sur les mérites respectifs du décapage et du sablage pour nettoyer les vieux bois. On glose sur la profession d'architecte. Car c'est forcément sur eux que cela retombe si tout n'est pas d'équerre. « Il a un bon coup de crayon, le sens des volumes, il a des idées... » Ou mieux : « Il a un goût fou ! » Voilà généralement pour les qualités. Et pour les défauts : « Il était incapable de tenir son chantier, de respecter les délais. » « Nous aussi, il y a un tas de trucs pas terminés. » Ou encore : « Et vous, de combien vous avez dépassé le budget ? Trente pour cent ? Ce n'est pas énorme, vous vous en tirez bien ! »

Il est beaucoup question, également, d'écologie. Tout le monde rêve d'une maison qui fonctionnerait aux énergies renouvelables. Plus pour faire des économies – consommer de l'eau et de l'énergie gratuitement est en soi une jubilation – que pour des raisons purement environnementales. Mais alors là, ce n'est pas gagné.

– Les architectes ne veulent pas se mettre cela sur le dos. Une galère assurée. C'est extrêmement compliqué de trouver les bons matériaux et c'est encore très cher.

– Je ne te dis pas le cirque. Nous, déjà, impossible de mettre une pompe à chaleur, à cause des roches, des canalisations, du tout-à-l'égout… On a essayé les capteurs photovoltaïques. Mais on est dans un village classé. Interdiction absolue.

– Tu crois que tu as droit à des aides ? Tu parles, ça va pas loin. Quand tu es un particulier, c'est que dalle. Et ils t'enquiquinent ! Tu dois utiliser des lampes basse consommation. Tu as essayé les lampes basse consommation sur un palier ? Ça met trente secondes à s'allumer, tes gosses ont déjà eu le temps de tomber trois fois dans l'escalier !

Dans le fond, c'est assez rigolo toutes ces discussions sur les maisons, les métiers du bâtiment. Pas plus bête en tout cas qu'une conversation sur le dernier modèle de sac Prada, les photos des stars, ou les imbroglios sentimentaux de nos dirigeants. Quand on retape une maison, ou quand on en construit une neuve, on plonge dans les racines d'un pays, on découvre l'origine des styles, des matériaux. Pourquoi les crépis sont gris dans la vallée de Chamonix[1] ? Et pourquoi c'est plus facile de travailler le

1. Le sable était extrait de l'Arve, rivière alimentée par les glaciers. Ce sont les poussières de granit provenant des moraines glacières qui donne un aspect gris au sable et donc au crépi.

chablis que le douglas [1] ? Parfois, cela conduit à des questions quasi existentielles. Exemple : quel type de volets choisir. Des persiennes, comme on en voit encore dans quelques rues de Chamonix, sachant que ce type de volets n'est apparu en Haute-Savoie qu'au milieu du XIXe siècle ? Des volets à panneaux, plus récents, pour être en harmonie avec les maisons voisines ? Ou bien revenir à des volets battants à l'ancienne ? Faut-il les peindre ou les laisser naturels ? Persiennes or not persiennes ? Ce n'est pas seulement une question d'esthétique, ni même de coût, mais de perception du monde.

Ainsi, en était-il de mon mur à claire-voie. Une paroi faite de larges lames de bois disjointes qui laissent passer le jour. Cette technique était utilisée jadis par les paysans pour assurer la circulation de l'air dans les fenils : cela favorisait le séchage des récoltes et permettait l'évaporation du méthane qui se dégage avec la fermentation des graminées, cause de nombreux incendies. Ce procédé est très prisé chez les architectes en vogue, soucieux de redonner un cachet traditionnel aux rénovations. Il a l'avan-

1. Le chablis provient de sapins morts, c'est donc du bois plus sec, qui ne bouge pas...

tage d'éviter les sempiternelles baies vitrées. Mais se posait une question fondamentale : la pertinence d'un tel choix. Si l'on voit beaucoup de clairevoies dans les alpages des Aravis ou dans le Beaufortin, il n'y en a pas dans la vallée de Chamonix, où le climat est plus austère. Alors, question authenticité, cela se discutait !

Dans le village, il y avait les pour, qui trouvaient cela joli, et les contre qui faisaient simplement remarquer : « C'est pas d'ici, qu'est-ce que tu veux que je te dise ! » Attention, si le « C'est pas d'ici » domine, gare aux conséquences. Et pour gagner la confiance des méfiants, on fait visiter, on explique. Un jour, un voisin qui s'était montré assez dubitatif m'a abordée dans le village pour me dire : « Ah ! l'autre jour, je suis allé du côté de La Clusaz, c'est vrai qu'on en voit pas mal des fermes avec des murs comme les tiens, tout troués, et des balcons avec des perches… » Cela ne valait pas approbation, mais c'était déjà un grand pas de franchi vers l'acceptation.

Dans le feu de l'action, quand on patauge dans la poussière et la gadoue, forcément, on a tendance à devenir légèrement acariâtre. On se plaint de tout, on peste contre les normes débiles – ah ! la hauteur des prises ! –, les retards, les carrelages mal joints… En réalité, c'est comme pour tout, quand on est content du résultat, on oublie les mauvaises passes, les inévitables déconvenues, pour ne retenir que l'aboutissement d'un rêve. Cela devient juste un sujet de conversation. Et de rigolade.

Ainsi en était-il de l'épisode de la cheminée. C'est toujours difficile une cheminée. Surtout quand il n'existe pas de style local. À l'origine, dans cette région, les habitants se chauffaient avec des poêles. De magnifiques poêles en granit, qui consomment peu de bois et diffusent une chaleur douce. Mais, outre le fait qu'il est très difficile de retrouver des poêles d'origine – ils sont tous fendus –, rien ne remplace, de mon point de vue de citadine, une bonne flambée dans un âtre ouvert.

Il y avait la solution de la « boerne », ces immenses cheminées ouvertes, avec une hotte en bois montant jusqu'au faitage, où jadis, on faisait mitonner la soupe, fumer la charcuterie. C'est magnifique dans une cuisine restaurée à l'ancienne, avec trois ou quatre mètres de hauteur de plafond, mais reproduit en miniature, dans un salon, comme le font tous les promoteurs en mal d'inspiration, je trouvais cela commun et un peu lourdingue. Avec l'architecte, nous nous sommes résolus à une solution sobre, une cheminée rectangulaire en granit. Sur le papier, elle avait une certaine allure. Mais quand je vis le résultat, j'eus un véritable haut-le-cœur. Cette protubérance minérale était carrément ignoble. Il paraît que j'avais choisi un granit bouchardé alors qu'il eût été préférable d'en choisir un éclaté !

Un soir, après un dîner bien arrosé, avec quelques amis, on s'est dit qu'il fallait absolument faire quelque chose. On a entrepris de recouvrir la pierre d'une épaisse couche de laque noire. C'était « un geste créateur, au détriment de l'objet fini », comme aurait dit Germano Celant, l'un des théoriciens du mouvement artistique italien Arte poverta. À partir de cet « objet de rebut », on posait un acte contestataire, on se rebellait contre le conformisme bourgeois distillé par les magazines de décoration.

Le résultat n'était pas inintéressant. En tout cas, cela suscitait une certaine curiosité. Les langues allaient bon train. « Les gens du pays », comme disent les Parisiens pour désigner les habitants tout court, hurlaient de rire. L'architecte, qui aime briser les convenances, se montrait enthousiaste. En revanche, mon mari et mes enfants me demandèrent ce que j'avais bien pu fumer ce soir-là ! Je reconnais volontiers que, si sur le plan du concept, c'était rigolo, d'un point de vue esthétique, ce n'était pas le comble du bon goût. Dans le salon, on ne voyait plus que cette masse disgracieuse, brillante, agressive. On s'était bien amusé. On avait énormément ri. Cet épisode m'a poussée à opter pour une solution radicale : tout casser et oser une cheminée moderne en acier chauffé ciré. Combien de fois j'ai rebattu les oreilles de mes amis en racontant cette histoire ! Maintenant je me contente d'un sourire satisfait quand on me félicite pour cette idée originale.

L'ennui, durant cette période où l'on reçoit beaucoup, c'est que la maison n'est pas tout à fait finie. Il faut trouver le temps de poser les appliques, les porte-serviettes, les patères, accrocher les tringles, les rideaux, les tableaux, les miroirs… Et puis, il y a les finitions. Ah, les finitions ! Alors que vous vous mettez à table, pour déjeuner, sur le coup de deux heures : dring ! C'est Richard, l'électricien, qui débarque de manière impromptue pour terminer de poser le thermostat. Goguenard :

– Vous n'avez pas encore déjeuné ? Ah, ces Parisiens !

Il faut monter au grenier pour choisir l'emplacement du boîtier. À peine attablée, dring ! C'est le menuisier qui vient livrer une porte tout juste sortie de l'atelier :

– Je passais par là. C'était l'occasion. Je la pose maintenant ? Il faudra sans doute donner un coup de rabot, cela va faire des saletés !

– Aucune importance.

Évidemment, ce n'est pas le meilleur moment, mais sinon, on risque d'attendre encore des semaines. Bon, où en étais-je ? Dring !

– Ah ! bonjour Christian. C'est gentil d'être passé.

Vous pensez ! C'est le plombier ! Cela fait quinze jours qu'on l'attend.

– Tu m'as appelé ? Qu'est-ce qui se passe ?

– L'évier est encore bouché. Je me demande si le broyeur n'a pas été posé de travers.

– Je t'avais dit, c'est de la merde ces trucs-là...

Finalement, on prend les choses du bon côté et on assiste avec délice à ce ballet, cet incessant chassé-croisé entre le maçon, le menuisier, le plâtrier, le cheministe, le plombier, l'électricien, le peintre...

Faire régler les spots qui font sauter les plombs, finir de vider les cartons de livres, ranger la chambre des amis qui sont partis, préparer celle de ceux qui arrivent, aller au marché, organiser une balade pour le lendemain, retrouver les gourdes, dénicher les raquettes de ping-pong, trouver un guide libre pour le lendemain, réserver un court de tennis... Durant un mois, j'ai jonglé avec la perceuse-visseuse, l'aspirateur, le téléphone, l'épluche-légumes... J'ai terminé ce premier été sur les rotules. Mais contente d'être dans ma maison !

On a beau avoir tout imaginé, suivi les travaux, choisi soigneusement la disposition des lieux, les matériaux, les meubles, on est incapable d'imaginer toutes les sensations. Il faut ressentir les choses, s'approprier les lieux pour en jouir pleinement.

CHAPITRE 2

« Vous êtes à combien de Paris ? »

Parmi ces premiers visiteurs, hélas, il y a un public très particulier. Des gens qui ne sont pas vraiment proches de vous et qui viennent par curiosité. Ou pour s'occuper. Des cousins éloignés. De vagues relations. Ils profitent de cette période de rodage, portes ouvertes. Parmi ceux-là, beaucoup ont un besoin viscéral de gâcher votre bonheur avec quelques perfidies. Par bêtise, par jalousie.

Bien sûr, ils commencent par s'extasier, mais très vite, sans crier gare, ils lancent : « Cela ne vous dérange pas d'avoir des voisins juste à côté ? » Aïe ! Le point faible. Une maison de village, c'est commode, on va faire ses courses à pied, on n'est pas isolé ; l'hiver, la route ne peut pas, à tout moment, être fermée en raison des risques d'avalanche... Mais, évidemment, il y a des voisins. Il faut supporter le bruit des tondeuses, des scies électriques, les cris des enfants qui jouent au foot dans le pré d'à côté, les voix qui s'élèvent le soir, à l'heure de l'apéro. Les nôtres sont très sympas, discrets, aimables.

D'un côté les Charlet, une famille de la vallée, célèbre, qui a donné des générations de guides. France est une femme d'un certain âge, merveilleuse, toujours tirée à quatre épingles. Marquée par la perte de son fils, un des guides les plus doués de sa génération, cette femme de caractère a appris à savourer chaque bon moment de la vie. Un rayon de soleil sur le glacier. Une fleur qui éclôt. Elle veille sur nous et notre maison comme si nous faisions partie de sa famille. Durant les travaux, alors que nous achevions, exténués, les réunions de chantier, elle nous invitait, avec son mari, à partager un succulent pot-au-feu, ou des saucisses aux choux. Elle continue à m'offrir des confitures, des tartes. Souvent, on papote, en voisines. On discute du temps, de ce qui passe à la télé, des potins du village. Elle me donne des conseils, m'explique que pour éloigner les blaireaux qui ravagent les pelouses, il faut mettre de la naphtaline. Son mari invite le mien à boire l'apéro.

De l'autre côté, l'ancien cantonnier du village. Un Devouassoux – autre famille historique –, un personnage truculent, avec de grandes bacchantes, à l'ancienne, des yeux qui roulent, une bedaine impressionnante et de vastes pantalons retenus par de larges bretelles. Il connaît toute l'histoire du village, la généalogie des uns et des autres. Il raconte les hivers rudes, les galoches en bois, la construction du téléphérique, le temps où toutes les familles avaient encore des vaches. Mais il veut quitter le coin. Il souffre de rhumatismes, la neige, il a en a plus qu'assez et il aimerait aller se retirer dans le Midi, comme son frère. Un peu plus loin, la maison d'Arlette, une amie très chère. Préparation de la fête des guides, entretien du jardin du curé, permanence à la maison de la montagne, elle est volontaire pour tout. En plus de son job dans un magasin, de ses petits-enfants, elle élève des poules, cultive ses patates, fait des confitures, des conserves de champignons... Elle n'arrête pas. Elle est au courant de tout. Max a été reçu major de sa promotion à l'Ensa[1] ; le fils Ducroz s'est marié ; la fille Ravanel a eu un deuxième garçon ; les myrtilles ont gelé ; les Bouissoux ont fait le mont Blanc ; Jérémie est allé skier sur le glacier de Toul, en Italie, où la neige était super-bonne ; David a eu son diplôme d'ingénieur ; la Compagnie de téléphérique va fermer la moitié des téléskis à Pâques pour faire des économies parce que la saison n'a pas été très bonne ; la caserne de pompiers va être rénovée... Rien ne lui échappe. Et last but not least, elle résout tous les problèmes : trouver quelqu'un pour tondre la pelouse, livrer du bois, réparer un muret qui s'effondre...

Au milieu de tous ces Argentérots qui ont réussi à rester au village, malgré la flambée des prix, de plus en

1. École nationale de ski et d'alpinisme.

plus de monchus[1] : des Lyonnais, des Suisses, des Anglais qui ont retapé des maisons de village. Ils ont appris à respecter la tranquillité du coin.

Un village, c'est une communauté. On se parle. On se donne des coups de main. On se prête une échelle. On se dépanne un soir où on a oublié de racheter du lait. Heureusement, personne n'a encore eu l'idée de construire des murs de deux mètres pour se protéger. Certes, parfois, il y a des petits accrochages, des frictions, pour un droit de passage, une voiture mal garée, un chien qui fait ses crottes sur le gazon du voisin. Mais très vite, on apprend à composer. Au début, un nouveau venu fait figure d'intrus. Il faut se faire accepter. Avec certains, cela s'est très bien passé. Avec d'autres, j'ai manqué de patience. Peu à peu tout est rentré dans l'ordre.

Les Parisiens qui débarquent ont souvent des clichés en tête. Pour eux, le chalet de rêve est isolé, entouré d'alpages ou de forêts. Comme dans *Heidi* ! Bien sûr, moi-même, parfois, je me dis qu'un chalet d'alpage, c'est merveilleux. Mais la question a été

1. Désigne, en patois, les messieurs qui viennent de la ville.

tranchée. Pas question de passer notre temps à accompagner les enfants, de devoir prendre la voiture pour faire les courses…

De toute façon, qu'est-ce qu'ils racontent, ces grincheux, quand ils vont aux sports d'hiver, une fois par an, ils n'ont pas de voisins ? Le pire, c'est que ces saboteurs insistent. En contemplant le magnifique pré s'étalant devant votre jardin, ils lâchent : « Enfin s'ils vendent un jour, ils feront certainement un lotissement ! »

Ils éprouvent un malin plaisir à pointer les faiblesses, les erreurs. Ils vous demandent, de manière ingénue : « Pourquoi la petite chambre bleue ne donne pas directement sur le palier ? » Mais c'est exprès, voyons ! Je trouvais cela plus sympa qu'on soit obligé de passer par l'autre chambre. On ne peut pas à chaque fois tout expliquer. Au départ, il était prévu que cet espace ne serait qu'une soupente, et puis finalement, il s'avérait qu'il y avait assez de hauteur sous plafond pour aménager une petite chambre supplémentaire. C'est une bizarrerie assez fréquente, quand les architectes inscrivent sur les plans qu'il y aura 1,50 m sous les pannes du toit, ce n'est jamais très précis. À l'arrivée, cela peut être 1,30 m, comme 1,90 m. Ce qui n'est pas exactement la même chose. Donc, là, on avait la chance d'être dans la fourchette haute. Mais comme il fallait tenir compte des poutres, des murs porteurs, des chiens-assis, on ne pouvait pas percer d'ouverture sur le palier… Au début, j'expliquais. Puis, au fil du temps, j'abrégeais. Pour chaque réflexion, j'ai trouvé une réponse générique : « Tu sais, c'est une vieille ferme. On ne pouvait pas tout faire ! »

Parmi ces visiteurs attentionnés, il y a aussi les bons pères de famille, gestionnaires, prudents, méticuleux, qui ne peuvent s'empêcher d'évaluer votre investissement et lancent, sentencieusement : « C'est dommage que vous n'ayez pas de garage. Cela enlève beaucoup de valeur marchande à votre bien. » Mais ils n'ont rien compris, ce n'est pas un lotissement, c'est une vieille ferme ! La voiture on la laisse au parking près de l'église et on fait les quatre cents mètres à pied. Basta !

Certains rabat-joie, impressionnés par la taille de votre nouveau havre, qui, en comparaison, fait de leur maison à colombage en Normandie une petite bicoque humide, jouent les compatissants : « Franchement je t'admire, t'être mis un tel truc sur le dos… L'entretien… Et puis cela va te coûter la peau des fesses. Rien qu'en chauffage. Tu as fait le calcul ? » Certains, pleins de tact, vous assènent : « C'est vrai, c'est magnifique, mais tout de même je préfère les Trois Vallées, on chausse les skis en bas de chez soi. Ici, t'es obligé de prendre ta voiture. » Là, je ne fais pas de quartier :

« C'est un choix. Si tu préfères les usines à ski... Ici aussi, il y a des navettes, un petit train... Et on peut marcher dix minutes ! De toute façon, rien ne vaut les Grands-Montets et l'aiguille du Midi[1]. »

Il est vrai qu'une maison dénote un état d'esprit. Il y a les économes, les pragmatiques, les aventuriers, les poètes, les amoureux des vieilles pierres, les ermites, les mondains qui se précipitent dans les lieux à la mode...

J'ai remarqué qu'une des préoccupations principales de tous ceux qui achètent une « résidence secondaire », c'est le temps qu'ils mettent pour y aller. Ils savent à la minute près le temps qu'il faut pour aller jusqu'à la gare TGV, ou jusqu'au péage de l'autoroute. Je ne sais pas si cela dénote un souci de rentabilité – il faut y aller souvent et amortir. Ou si c'est l'expression d'une véritable répulsion pour le lieu de résidence principale dont on veut pouvoir s'évader le plus souvent possible. Invariablement, à un moment, dans la conversation, la question fuse : « Vous êtes à combien de Paris ? » Bien souvent, vos invités connaissent parfaitement

1. Les deux téléphériques mythiques de Chamonix qui offrent des dénivelés exceptionnels.

la réponse puisqu'ils en arrivent. D'ailleurs, très vite, ils se découvrent : « Parce que, nous, pour aller à Bretèche, c'est à peine une heure trente de voiture. Et on a un train, à deux kilomètres, qui nous amène gare Saint-Lazare en cinquante minutes... On y va presque tous les week-ends... » Ah, c'était donc cela ! Quand ils ajoutent : « Même Val-d'Isère est moins loin, non ? Ils ont un TGV, maintenant ! » Alors là, je suis au bord de l'explosion. C'est « Tarte ta gueule à la récré ». Non Val-d'Isère n'est pas plus facile d'accès. Nous, on a le TVG à Genève, à une heure d'ici, et un aéroport, avec des compagnies low cost. On a une autoroute jusque dans Chamonix, alors que la départementale entre Bourg-Saint-Maurice et Val-d'Isère, l'hiver, ce n'est pas toujours de la rigolade ! Non mais des fois, nous ne sommes que des monchus, mais on a l'esprit de clocher ! Comparer Val-d'Isère et Chamonix !

Quant à ceux qui ont déniché un moulin dans le fin fond du Bocage normand ou un pavillon de chasse en Sologne, je suis ravie pour eux qu'ils soient à une heure de Paris. Mais moi, la campagne, cela m'ennuie, cela m'ennuie énormément. Quand j'y vais, c'est juste pour les copains. Je trouve que la campagne a quelque chose d'émollient. L'océan, la mer, les montagnes, oui. Des paysages qui vous confrontent à d'autres éléments, qui vous fouettent. Mais chacun sa passion. Quand je vais chez eux, je ne dis pas : « C'est dommage qu'il n'y ait pas de remonte-pente ! » Et puis, j'adore Paris, j'y passe volontiers les week-ends. Je n'ai pas l'obsession de fuir mon appartement le vendredi soir. Chamonix, c'est autre chose, un dépaysement total, une bouffée d'oxygène. À ceux qui vantent la proximité de leur résidence secondaire, je réponds avec un immense sourire : « C'est génial, vous avez de la chance ! » Et ils sont contents.

Certains sont sincères : ils ne comprennent absolument pas qu'on ait envie d'avoir une maison à Chamonix, dans une vallée encaissée, où le soleil ne vient lécher les façades que sur le coup de dix heures, pour se cacher derrière les sommets à six heures du soir. Mais au lieu de dire franchement : « Moi, ce n'est pas mon truc », ils demandent d'un ton hypocrite : « Tu as le soleil combien d'heures par jour ? » Ou bien, ils attaquent par le flanc : « En fait, à part l'après-midi dans la bibliothèque, tu n'as pas beaucoup de soleil dans la maison… » Ben si tout de même, il y a du soleil dans toutes les chambres orientées à l'est et à ouest. C'est vrai, qu'avec des murs qui font presque un mètre d'épaisseur, le soleil ne pénètre pas, dans les pièces exposées au sud quand il est au zénith. Mais bon, quand il fait beau, on est en balade, ou dans le jardin.

Les grincheux ne vous épargnent aucun des poncifs de la maison heureuse. « Pourquoi tu n'as pas fait une baie vitrée dans le salon ? » demande ingénument une cousine qui possède une horrible maison pseudo-moderne au bord d'un golf de la région parisienne avec moult baies vitrées et rosiers grimpants. Une baie vitrée ? C'est ce que n'arrêtaient pas de me dire les ouvriers durant les travaux. « Chez moi, j'ai fait une grande baie vitrée, c'est beaucoup plus clair. » Oui, et ils ont aussi mis du carrelage au sol, ils ont fait un joli crépi synthétique couleur crème fraîche... Une baie vitrée dans un pêle[1] ! Inutile de perdre du temps à expliquer à ceux qui n'ont pas saisi l'atmosphère au premier coup d'œil. Je réponds du tac au tac : « C'est une question d'isolation. Il y a une déperdition d'énergie huit fois supérieure avec des vitrages. On est écolo ou on ne l'est pas ! » Ou bien j'utilise mon joker : « C'est une vieille ferme, on ne pouvait pas tout faire ! » Je réserve mes explications aux amoureux des vieilles pierres.

Le pêle est en effet une pièce assez extraordinaire. À l'origine, dans les fermes, l'étable, la grange occupaient presque toute la superficie. Les paysans vivaient

1. La pièce à vivre dans les fermes savoyardes.

dans une seule pièce, bien calfeutrée, mitoyenne de l'étable. Pour l'isoler du froid et du vent, ils bâtissaient une sorte de sarcophage en bois, en empilant des troncs entiers, sciés en deux. Puis ils enrobaient cet écrin de bois d'épais murs de pierre, et bourraient les interstices de foins et de copeaux pour parfaire l'isolation. Cette pièce à vivre était chauffée par un poêle et, pour éviter toute déperdition de chaleur, il n'y avait qu'une toute petite ouverture, en forme de meurtrière, pour permettre aux occupants de voir quel temps il faisait dehors. Alors, percer une baie vitrée dans ces magnifiques pannes de bois qui ont pris, avec le temps, des couleurs mordorées, et où subsistent des inscriptions réalisées par les anciens ? Cela aurait été sacrilège.

À Chamonix, avoir un pêle authentique, c'est le comble du chic. La plupart ont brûlé, ou ont tout simplement été débités en bois de chauffage par les occupants et remplacés par de la laine de verre et de la frisette, ces bardages de bois bon marché, sciés industriellement qui ont peu à peu recouvert tous les murs des habitations de montagne dans les années soixante.

C'est fou à quel point les gens ont des stéréotypes dans la tête. La baie vitrée est le symbole de la modernité, de la joie et du bonheur. Mais combien, parmi ceux qui avaient construit de véritables maisons de verre, ont fini par installer d'épais rideaux, pour recréer une atmosphère cosy ? C'est comme le barbecue, ou les « champignons au gaz[1] » qui permettent de réchauffer les terrasses les soirs d'été un peu frais. Ils sont, aux yeux des citadins, les gages d'une vie champêtre réussie, rustique mais confortable.

– Ah ! Tu n'as pas de barbecue ?

Et puis, j'ai remarqué, les propriétaires d'une résidence secondaire sont extrêmement soucieux de l'aspect pratique. Ils sont fascinés par le côté « facile à entretenir ». Alors, ils ne peuvent s'empêcher de faire la réflexion : « C'est très beau, tes dalles de pierre, mais cela doit être impossible à nettoyer ! » Ben, oui et non. Évidemment, si l'on veut que cela brille comme dans les publicités Carolin, c'est carrément raté, mais si l'on considère que c'est une ferme, ce n'est pas bien grave si les dalles conservent un aspect rustique !

Dans les grandes stations de ski modernes, les architectes ont équipé les résidences de locaux à ski, en sous-sol, avec des casiers et des sèche-chaussures. Les clients adorent. C'est pratique. Et nombre d'invités font la remarque : « Ce serait bien si tu installais un sèche-chaussures dans le vestiaire ! » Sans doute. Sauf que je trouve cela très laid. Si j'ai pris soin de mettre des patères en bois, amoureusement chinées

1. Chauffage parasol extérieur au gaz.

dans les brocantes, des seilles[1] en guise de vide-poches, ce n'est pas pour installer d'horribles appareils, avec des tuyaux et des fils électriques. D'autant qu'il y a un grand radiateur et un chauffage au sol, qui permettent de sécher chaussures et vêtements de manière tout à fait satisfaisante. En revanche, ils s'extasient longuement devant le système d'éclairage automatique incrusté dans les dalles extérieures. Devant l'aspirateur intégré. Devant le plan de travail en « bleu de Savoie », une sorte de marbre local, « facile d'entretien ». Devant la trappe à linge qui permet de balancer directement le linge sale depuis le premier étage dans la lingerie.

Heureusement les grincheux sont largement minoritaires. J'ai appris à leur gâcher le moral. Et personne ne me fera douter que je suis installée dans le plus bel endroit du monde. Sauf quand un ami m'explique qu'il est à deux heures de Paris en TGV, et que dans son petit paradis du sud de la France, il est assuré de profiter de longues journées ensoleillées. Après dix jours de pluies diluviennes en plein mois d'août, parfois, je m'interroge. Je me répète que c'est formidable d'aller aux champignons

1. Seaux en bois.

au pied du mont Blanc avec des grandes capes de pluie, avant de me réchauffer devant un bon feu, mais il m'arrive de me demander : « Et si nous vendions ? »

CHAPITRE 3

« Finalement, on arrivera le quinze »

Très vite, à force de lancer des invitations, on se heurte à un vrai casse-tête : le planning. C'est bien connu, dans l'hôtellerie, un des problèmes clés, c'est le taux de remplissage. Tout le monde veut venir aux mêmes dates. Et il faut beaucoup de savoir-faire pour gérer les chassés-croisés. Mais au moins dans l'hôtellerie, quand un client réserve, il verse des arrhes et s'en tient aux dates prévues. Pas les amis. Enfin, pas toujours.

Février, la première quinzaine d'août, le week-end de Pâques, le pont de l'Ascension, et surtout celui du premier mai sont des dates stratégiques. C'est devenu une sorte de rite, tout le monde veut faire la vallée Blanche le premier mai, alors qu'on peut la faire toute l'année, et qu'en mai il n'y a plus beaucoup de neige. Mais bon, à cette époque, les autres stations ont fermé, il fait encore un peu froid pour le bateau ou le bord de mer, va donc pour la vallée Blanche en tee-shirt : on est quasi assuré de revenir avec un bronzage himalayen.

Il faut coordonner les arrivées et les départs, faire plaisir à tout le monde. Tenir compte des dates des enfants. Concilier les impératifs des amis dont les enfants ne sont pas dans la même académie, les incertitudes des copains qui vont monter de Genève où ils ont rendez-vous, mais qui ne savent pas s'ils pourront arriver vendredi ou samedi. On prie le ciel pour qu'ils n'arrivent pas le samedi matin parce qu'on avait prévu de faire une randonnée en peaux de phoque. Au début, je disais oui à tout le monde, parce que cela me faisait plaisir, et j'oubliais de consulter le planning. La cata absolue, le chalet était déjà plein à craquer ! Je n'osais pas rappeler. Heureusement, entre-temps, quelqu'un s'était décommandé.

L'invitation à la cantonade, le « venez donc passer quelques jours », est un piège redoutable. Les plus indélicats s'en servent comme d'un bon à tirer, à utiliser à leur guise. Les discrets, eux, n'osent pas s'imposer. Et on passe son temps à gérer les contretemps.

Les B. ont prévu de passer la dernière semaine d'août, en remontant de Toscane. Mais le douze du mois, ils téléphonent pour annoncer un changement de programme. Cela les arrangerait de venir le seize, qui est au milieu d'un long week-end et où il n'y a plus de chambre libre.

– Ne t'embête pas, les enfants se contenteront d'un duvet au grenier, prennent-ils la peine d'insister.

S., elle, confirme. Elle viendra bien à la date prévue, mais ce serait bien si elle pouvait amener un ami de son fils.

– J'espère que cela ne te dérange pas. C'est le fils d'une de mes vieilles copines qui est divorcée et qui travaille. Je l'ai pris pour les vacances. Remarque, comme cela, ils s'occuperont tous seuls, on ne les aura pas sur le dos.

Bien sûr, je suis ravie, tout ce qui fait plaisir fait mon bonheur. Une maison pleine de cris d'enfants... C'était mon rêve. Sauf que je redoute déjà les disputes. Un garçon, ça s'intègre au groupe, deux, c'est déjà une bande rivale.

Les plus agaçants sont ceux qui téléphonent au dernier moment pour expliquer qu'ils ne savent pas si finalement ils vont pouvoir venir, ils feront tout pour venir, mais leur fille revient plus tôt que prévu de son stage en Angleterre... Ou bien, ils ont une belle-mère malade, une réunion urgente, une fuite dans leur maison de campagne... En attendant, on garde la chambre.

Au début, quand des amis annulent, on est un peu déçus. D'autant qu'on s'est donné du mal pour assortir les invités. Car une maison, c'est comme une composition florale. Il faut varier, composer une communauté harmonieuse et colorée. Quelques boute-en-train, pour l'ambiance, des sportifs pour motiver la troupe, des érudits, qui alimenteront la conversation... Il faut aussi veiller à ne pas composer un mélange trop explosif, avec des contemplatifs et des hyperactifs. Au bout d'un moment, tout le monde risque de se taper sur les nerfs. D'un côté, il y a les « Bon, vous vous bougez, il est déjà 8 h 30, on y va ? ». De l'autre, les « Y a pas le feu... Il y a encore du café ? ».

Petit à petit, on apprend à maîtriser l'agenda, à préserver quelques plages de tranquillité. Mais parfois, on est pris de court. Ainsi, un jour, des copains se sont rappelés à notre bon souvenir au dernier moment. Tout début août, quand tout était déjà organisé. J'ai dit que hélas, la maison était pleine. Ils m'ont expliqué qu'un ami leur prêtait une sorte de mobil-home, et qu'ils avaient une tente pour les enfants. Ils s'installeraient dans le fond du jardin. Mais je n'avais pas du tout envie d'avoir un mobil-home et une tente dans le jardin. « On est tellement contents... Rémi rêve de retourner faire la balade du Couvercle. Et moi, cela me fera tellement plaisir de revoir Le Buet ! Tu sais, j'y allais enfant avec mes cousins... Ça existe toujours L'Arrêt Bougnette[1] ? » Alors, pour éviter la tente et le

1. L'Arrêt Bougnette : le buffet de la gare de Vallorcine réputé pour ses spécialités locales : tartiflettes, farçons...

mobil-home, on rajoute des matelas dans le grenier, on installe une chambre de fortune dans le mazot[1]. Et on se retrouve une quinzaine à table. Matin, midi et soir.

Car au début, pleins d'entrain, les invités partent en pique-nique, ou se donnent comme but de promenade un chalet d'alpage, un refuge, une crèmerie, où ils déjeuneront d'une croûte au fromage et d'une tarte aux myrtilles. Mais au bout de deux ou trois jours, ils finissent par suivre la pente naturelle : le farniente et les grasses matinées. Vers midi, ils commencent à s'inquiéter : « Oh, maintenant il fait trop chaud pour aller se promener. Bon, qu'est-ce qu'on prépare pour le déjeuner ? »

Nombre de mes amis en sont arrivés à fixer des règles quasi draconiennes. Pas d'invitations en l'air. Surtout pas. Les invitations ne sont pas « nominatives », comme on dit dans l'événementiel, mais « datitatives ». L'invitation est lancée pour le troisième week-end de mars ou le deuxième d'avril. C'est oui, ou non, mais au diable l'improvisation. Moi, je suis incapable de fixer des dates. Je me sens

1. Petit chalet en bois construit à l'écart, dans lequel autrefois les paysans rangeaient les objets précieux qu'ils voulaient protéger d'un éventuel incendie : graines, habits du dimanche, papiers...

prisonnière. Il y a déjà assez d'obligations professionnelles. J'aime garder des pages blanches dans mon agenda. Est-ce que le troisième week-end de mars, j'aurai envie d'aller à Cham ? Mais je n'en sais rien. Cela dépendra du boulot, du temps, de la neige... C'est d'ailleurs un des avantages de posséder une maison : pouvoir se décider à la dernière minute.

Au final, je n'ai pas vraiment réussi à fixer de règles. Je slalome entre improvisation et invitations en bonne et due forme. Au fil du temps, je me suis rendu compte que c'est comme dans mon rêve, les maisons pleines à craquer, avec des amis qui surgissent de nulle part, au détour d'une visite du nouveau musée Paul-Klee près de Berne ou en remontant du Midi, avec des bandes de jeunes qui viennent se refaire une santé après être allés barouder en Amérique du Sud, c'est certes un capharnaüm garanti, mais c'est aussi l'assurance de passer des vacances rigolotes.

J'ai simplement appris à dire non, quand j'ai envie d'un peu de tranquillité, et pour éconduire un enquiquineur, je suis passée maître dans l'art du bobard poli : « Non, non, ce n'est pas possible, j'ai invité mes parents, ils sont assez âgés. » Là, personne ne se permet d'insister.

Dans le même esprit que mon « Venez donc passer quelques jours chez nous », j'ai commencé à proposer aux uns et aux autres de leur prêter le chalet. C'est triste une maison aux volets clos. Autant en faire profiter. Et c'est un vrai bonheur de faire plaisir aux amis, cousins, collègues. Là aussi, on découvre le caractère des uns et des autres. Ceux qui proposent d'apporter leurs draps. Ceux qui se soucient de régler la femme de ménage qui viendra nettoyer le chalet et laver les draps. Un jour, pour me remercier, un ami avait réalisé quelques petits travaux de bricolage : huilé une porte qui grinçait, réglé un tiroir qui coinçait, fixé un store, réparé une commode aux pieds branlants... Consciencieusement. Discrètement. Non seulement j'appréciais le geste, car il m'évitait d'avoir à le faire, mais il dénotait un vrai intérêt pour la maison. Il avait observé et saisi, dans le détail, ce qui clochait !

Et puis il y a, comme toujours, les malotrus, qui exagèrent. Ne donnent pas signe de vie à leur arrivée. Dispersent les DVD dans toute la maison. Modifient la disposition des lits. Font des taches sur les canapés. Repartent en laissant des ampoules cassées, sans les remplacer. Laissent le four et les filtres de la hotte noirs de graisse...

Là aussi, j'ai appris à dire non. À ne pas me laisser marcher sur les pieds. La première fois où j'ai dit non, il s'agissait d'un ami d'ami, fan de randonnée. Il m'avait appelée un soir, tard, sans même demander s'il me dérangeait. De but en blanc, il me dit que notre ami commun lui avait parlé de mon chalet et qu'il serait très heureux s'il pouvait y aller la troisième semaine de mars. Silence. Le temps de fixer mon attention. J'allais dire, histoire de tester le personnage : « Pourquoi pas, avec plaisir. Vous serez combien ? », quand il a enchaîné : « On fait comment pour les clés ? » Et là, j'ai eu l'à-propos de répondre : « Ben, on fait pas ! » Et j'ai raccroché.

CHAPITRE 4

« On fait quoi aujourd'hui ? »

Six jours qu'ils sont là, et tous les matins, à peine avalé leur tasse de café et leurs croissants frais, ils prononcent avec un grand sourire enthousiaste la phrase fétiche : « On fait quoi aujourd'hui ? »

Depuis leur arrivée, nous leur avons fait découvrir les plus beaux points de vue, nous avons pris le téléphérique de l'aiguille du Midi, le train du Montenvers pour voir la mer de Glace, nous les avons emmenés déguster les fameuses croûtes aux morilles de Claudie, à la Crémerie, nous avons pique-niqué au lac Blanc, été nous balader au lac d'Émosson, nous baigner dans les cascades de Barberine... Bref, on a fait le circuit initiatique. Et je commence à faire quelques allusions : vous savez, vous êtes libres de faire ce que vous voulez. Mais sans résultat. Je sens que si je m'échappais pour aller faire une randonnée un peu plus escarpée avec des copains, ils ne comprendraient pas, ils seraient très vexés.

Un jour où il pleuvait des cordes, je leur ai suggéré d'aller au Musée alpin découvrir les magnifiques tableaux de Gabriel Loppé[1]. Je serais bien restée lire tranquillement. J'ai eu beau dire qu'on les avait déjà vus mille fois, ils ont réussi à nous convaincre de les accompagner. Ils seraient ravis, ensuite, de nous inviter à prendre un thé à l'Albert-Premier, un restaurant doté de deux étoiles, où l'on peut déguster des viennoiseries à se damner... Ils sont très forts, dans le genre vampirisant. Mais tellement contents qu'on finit par être contents qu'ils soient contents. C'est le principe de la maison de vacances.

Quel bonheur d'avoir des invités comme François ou Alexandre qui sont parfaitement autonomes ! Ils s'installent dans un coin pour bouquiner, vont acheter les journaux, décident comme des grands de descendre à Martigny pour visiter la Fondation Gianadda. Ils vous proposent de venir avec eux, mais sans insister. S'ils restent déjeuner et que ce n'était pas prévu, ils sont capables de s'improviser un frichti. Ils ont la délicatesse d'aller, de temps à autre, chercher du pain et des croissants frais. Ou les journaux. Ils savent aussi

1. Peintre figuratif, paysagiste de la haute montagne, et photographe de talent. Contemporain du célèbre alpiniste Edward Whymper, Gabriel Loppé a vécu l'âge d'or de l'alpinisme, celui de la conquête des sommets alpins à la fin du XIXe siècle. Sa clientèle était essentiellement constituée de riches Anglais fascinés par les Alpes. Londres a accueilli plusieurs de ses expositions.

dire non quand on veut les entraîner dans une randonnée. Ils vivent leur vie. À l'anglaise.

Véronique est une habituée de la vallée, une alpiniste aguerrie. Elle disparaît aux aurores pour faire une course avec son guide et rentre épuisée à l'heure du thé. À travers ses exploits, nous vivons, par procuration, l'exaltation de la haute montagne. Jérôme et Nancy, eux, sont venus avec leurs vélos ultra-light, en carbone. Tous les jours, ils partent à l'assaut des cols. Cela ne veut pas dire qu'on ne fait rien ensemble. Une balade, quelques trous de golf, une partie de tennis, un peu de farniente, une séance de DVD. Les goûts s'accordent ou ne s'accordent pas. Mais on n'est pas obligé. Ce n'est pas systématique.

Avec les « On fait quoi aujourd'hui ? », que nous avons surnommés les Ofqa, on s'expose en permanence aux pires catastrophes. Ils sont balourds, dépendants, et dès qu'on les abandonne à leur sort, il leur arrive une catastrophe. Ainsi, un jour, Bertrand, un spécimen de cette espèce, découvre quelques vieilles bicyclettes dans la cave.

– On peut les prendre pour aller faire une balade ?

Je lui explique qu'elles sont un peu déglinguées, et qu'il ferait mieux d'aller en louer chez Jean-Mi, à deux cents mètres de la maison. Mais il insiste :

– C'est idiot. Je peux très bien les regonfler et essayer...

Je me mets en quête d'une pompe qui marche. Dans le coffre d'entrée ? Non, rien. Ah, à la cave ! Rien non plus. Finalement j'en déniche une dans la buanderie. Après m'être assurée qu'elle fonctionnait, je vais m'allonger sur un transat. Trois minutes plus tard, j'entends : « Tu crois que tu as des rustines ? » Et puis : « Il me faudrait une grande bassine. » Je le vois aller et venir avec sa bassine pleine, vide. Ensuite il faut trouver des pinces pour resserrer les freins. Descendre la selle.

Finalement, je me dis qu'il est vraiment gentil, que c'est sympa de sa part de retaper les vélos. Aussi quand il vient me demander où aller, avec sa femme et son fils, c'est bien volontiers que je lui indique une balade. D'autant que pour une fois il n'insiste pas pour que je vienne avec eux – il n'y a pas assez de vélos. Je lui explique qu'ils n'ont qu'à prendre la télécabine de Balme jusqu'à la station intermédiaire, avec leurs vélos. Là ils peuvent remonter le chemin jusqu'au col, et ensuite, il y a une descente ravissante jusqu'au Chatelard, en Suisse, où un petit train les ramènera jusqu'au village. Je leur donne des gourdes, une carte, un sac à dos. Ils partent.

Enfin tranquille, je m'attelle à quelques tâches domestiques avant d'aller cueillir des framboises pour faire une tarte. Une petite heure s'est écoulée. Dring !

Le téléphone. Finalement, Pierre (son fils) ne se sent pas de monter jusqu'au col, ça grimpe trop, comment il fait pour rentrer au chalet ?

– Ben, il fait le chemin en sens inverse.

– Oui, mais il ne se souvient plus de l'endroit où il faut tourner.

– Il n'a qu'à demander l'église : l'impasse est juste en face.

– Mais il doit tourner où pour...

Je finis par tout expliquer dans le détail. Pierre rentre, raconte ses mésaventures par le menu. Soudain, dring ! Le téléphone sonne à nouveau. C'est Bertrand : il m'annonce que la chaîne du vélo de Pat, sa femme, a déraillé, que Pat est tombée, qu'elle a très mal à la cheville et ce serait sympa si je pouvais aller les chercher au pied du téléphérique avec le 4 × 4 pour qu'on mette les vélos dans le coffre. Et avant que je raccroche, il a juste le temps de me demander de prendre un rendez-vous chez le toubib, parce que ce serait mieux que Pat fasse une radio !

Généralement les Ofqa n'ont jamais le matériel ad hoc. Pas de chaussures, pas de chaussettes, pas de blousons, pas de K-way, pas de lunettes, pas de gants, pas de bonnets, pas de raquettes de tennis ! J'ai vérifié avec mes copines, ce sont les mêmes qui débarquent à la campagne, sans souliers de marche, sans bottes, juste leurs mocassins de ville ; au bord de la mer, sans crème solaire, sans serviette de plage, sans maillot de bain. Ils sont du genre à se faire des ampoules, se tordre la cheville, attraper des coups de soleil, se faire mordre par une vipère, choper une indigestion pour avoir bu trop d'eau des rivières... En même temps, ils sont touchants : toujours contents, jamais rassasiés. Ils en redemandent, encore et encore. Alors que c'est le moment de parcourir tranquillement les journaux dans un fauteuil, en profitant des derniers rayons de soleil, ils proposent une partie de tennis, de ping-pong, de pétanque ou de je ne sais quoi.

Mais aussi, quelle idée d'inviter des « On fait quoi aujourd'hui ? » ! En réalité, c'est très difficile de les détecter. À Paris ce sont des gens charmants, intelligents, cultivés. Genre profs, médecins, cadres bien élevés, virtuoses de la Net économie. Un peu intellos. Propulsés hors de leur monde à eux, ils sont totalement vulnérables. Perdus. C'est pour cela qu'on ne les envoie pas au diable.

Il est extrêmement difficile également de jauger les capacités physiques des uns et des autres. Ainsi, avant d'emmener des amis faire du hors-piste en poudreuse au lendemain d'une chute de neige, je me livre à un interrogatoire approfondi pour apprécier leur niveau de ski. Généralement, ils répondent qu'ils passent partout.

Il est vrai qu'avec le matériel actuel tout le monde ou presque « passe partout ». Donc j'essaie d'apprécier la signification exacte du « partout ».

Mais même ainsi, il arrive qu'on ait des surprises. Ainsi, un jour, Jack, un de mes amis, anglais, me dit que dans sa jeunesse il a fait les championnats d'Angleterre. Et qu'il adore le hors-piste. Je ne me méfie pas, d'autant qu'il a plutôt l'allure d'un bon skieur avec sa tenue en Goretex, ses chaussures de ski dernier modèle et ses fat boys[1].

Compte tenu du brouillard, je lui propose d'aller dans les forêts du Brévent où l'on aura une meilleure visibilité. Il acquiesce. Les conditions sont idéales. La neige est légère ; la couche de poudreuse profonde. Et là, le cauchemar, l'enfer absolu. Je m'aperçois qu'il est incapable de négocier les virages entre les arbres. En effet, il est relativement facile d'entamer une godille régulière sur une pente douce, de prendre un rythme, mais slalomer dans une forêt semée d'embûches, se glisser entre les varosses[2], tout cela exige d'avoir une technique adaptée et de bons réflexes. Au bout d'une demi-heure, à force de s'exploser dans les arbres, il était au bord de l'apoplexie. C'est déjà extrêmement fatigant de se relever dans la neige fraîche,

1. Fat boys : skis très larges conçus pour la poudreuse.

2. Des aulnes de petite taille qui envahissent combes et vallons.

mais quand il faut s'extirper des trous qui se forment le long des troncs, ou se dépatouiller dans les branchages, là, c'est carrément exténuant. Ne voulant pas prendre le risque de le voir succomber à un infarctus, j'ai donc prudemment rejoint un petit chemin de traverse et l'on a terminé tranquillement par le sentier. Enfin, tranquillement ! Intérieurement, je fulminais. Devoir renoncer à toutes ces belles pentes vierges, à tous ces couloirs…

À l'inverse, un jour, je propose à un ami qui m'affirmait être un bon skieur de venir avec mon guide. Un vrai de vrai, avec une barbe et l'accent traînant. Pas du genre à se fier aux apparences. Quand Alexandre est arrivé au pied du téléphérique, on s'est regardés et on s'est demandé ce qu'on allait faire de lui. Il portait ses skis à l'envers, spatules à l'arrière. Il avait un pantalon moulant des années soixante, avec de larges bandes blanches, à la mode Killy, mais en plastique rigide, une vieille doudoune noire à moitié déchirée et rapiécée avec des morceaux de scotch. Des bouts de kapok s'échappaient des accrocs. Ses chaussures dataient de Mathusalem. Il avait accroché ses gants à la fermeture éclair, façon colonie de vacances. On craignait le pire. Cela faisait combien de temps qu'il n'avait pas chaussé une paire de skis ? Et là, surprise, Alexandre était effectivement un excellent skieur. Et l'on a partagé le bonheur d'une journée en poudreuse.

CHAPITRE 5

« Ce soir, on s'occupe de tout »

Je suis une lève-tôt, j'aime ces premières heures du jour où la maison est encore silencieuse. Le village à moitié désert. Je commence par aller humer le temps, sur la terrasse, me rassasier du paysage. Hiver comme été, l'air est vif et piquant. Je me régale du spectacle des premiers rayons de soleil qui illuminent les sommets enneigés, alors que la vallée est encore plongée dans l'ombre. Assoupie.

Quand il neige, je jubile à l'idée d'aller faire une orgie de poudreuse. Les jours de pluie, je retourne sous ma couette pour une longue grasse matinée, bercée par le bruit des gouttes d'eau sur les ancelles[1]. S'il fait beau, je me prépare à accélérer le rythme et à organiser une balade ou une randonnée. Chaque matin est différent. Avec ses promesses, ses joies, ses plaisirs.

1. Tuile en bois.

Après être allée acheter du pain frais et les journaux, je parcours la presse, j'écoute la radio tout en préparant une thermos de thé, une autre de café. Peu à peu, je vois débouler les invités. Déjà tout équipés, en robe de chambre, ou en peignoir, selon leur tempérament. C'est un moment cosy, intime, informel où les amis tombent un peu les masques, commencent à se dévoiler et à se lier entre eux. À l'ambiance de ce premier repas de la journée, on sait tout de suite si les invités se sentent bien. Quoi qu'il en soit, le petit déjeuner n'est pas un tracas. Ni même une corvée. Confiture, miel, corn flakes, jus d'orange. C'est simple.

À midi, je ne me complique pas la vie. L'été, quand on ne part pas en pique-nique, j'improvise un mixte de salades, de charcuteries et de fromages. L'hiver, ceux qui n'ont pas déjeuné sur les pistes finissent les restes de la veille ou se préparent un plat de pâtes. Pas de problème. En revanche les dîners…

La moindre des choses quand on a des invités – surtout si on les a abandonnés la moitié de la journée –, c'est de faire de ce repas une fête, un moment convivial. Bref, il faut se donner un peu de mal. Or quand, vers sept heures du soir, bien calée sous ma couette ou confortablement installée devant le feu, je dois m'extirper d'une douce torpeur, quitter un polar, pour aller préparer le dîner, j'ai souvent la flemme. À ce moment-là, je rêve à ces cuisinières d'antan qui, à la campagne, préparaient des gigots de huit heures, des tourtes aux cailles, des gratins de pommes de terre... Se mettre les pieds sous la table ! Mon rêve. Mais à Chamonix, comme dans beaucoup de lieux touristiques, c'est déjà la croix et la bannière pour trouver ne serait-ce qu'une femme de ménage. La vallée regorge d'emplois mieux payés dans la restauration, moins fatigants dans le tourisme, plus qualifiés dans le sport.

Pourtant j'aime bien cuisiner. Ce qui gâche ce plaisir, c'est le côté obligatoire, systématique, répétitif. « Nourrir chaque jour une dizaine de personnes est un tour de force. » La phrase n'est pas de la baronne de Rothschild ou d'une midinette quelconque. Elle est de George Sand. Au lendemain de la révolution de 1848, déçue par la politique, en quête d'un « idéal de calme, d'innocence et de rêverie », l'aventurière féministe et libertine s'était retirée dans sa gentilhommière de Nohant-Vic où, enfant, elle passait ses vacances. Dans ses romans, elle évoque sa nouvelle vie, bucolique, ses balades dans les « traînes », ces chemins creux du bocage, où « vous pouvez marcher une heure sans entendre d'autre bruit que le vol d'un merle, effarouché à votre approche, ou le saut d'une petite grenouille verte ». Bonheur champêtre. Mais « la dame de Nohant » ne s'était pas non plus transformée en ermite. Elle recevait beaucoup : Flaubert, Chopin, Liszt, Balzac, Delacroix... L'intendance l'épuisait. Elle était pourtant aidée de huit domestiques et s'était dotée, comme elle le raconte, de l'équipement le plus moderne : fourneau dernier cri, casseroles en cuivre et même deux robinets, eau froide et eau chaude, un luxe exceptionnel à l'époque.

Moi aussi, je me suis offert les équipements dernier cri. Four à pyrolyse, micro-ondes, plaques vitrocéramiques, congélateur... C'est beaucoup plus facile. N'empêche ! Il faut prévoir, faire les courses, trouver des idées... Heureusement, il y a un nouvel instrument qui n'existait pas du temps de George Sand : le téléphone. Cela permet de se faire livrer des pizzas, ou de commander à la Spigga del Oro de succulents cannellonis, des raviolis aux cèpes... Mais il faut tout de même préparer une salade, un dessert, mettre le couvert, offrir un apéro, couper un peu de saucisson...

Ce n'est pas le bagne non plus. Bien évidemment, mes enfants, mon mari, les invités mettent la main à la pâte. Enfin, les invités, pas toujours... On repère tout de suite ceux ou celles qui vont vous aider, ceux qui vont se la couler douce. Certains arrivent nonchalamment dans la cuisine, juste après le journal télévisé, en disant très aimablement : « Je peux faire quelque chose ? » Généralement tout est déjà prêt. Une fois, pour rigoler, j'ai répondu : « Oui, éplucher la salade ! » Petit blanc à l'antenne. Très fair play, l'impétrant a répondu du tac au tac : « Je ne l'ai jamais fait. Mais je vais essayer, cela ne doit pas être si difficile ! » Évidemment, la salade était déjà prête. En général, je me contente de demander de déboucher les bouteilles ou de remettre des bûches dans la cheminée.

D'autres, genre joyeux drilles, célibataires endurcis ou amoureux roucoulants, débarquent sur le coup de huit heures, les bras chargés de victuailles, antipasti, viande des grisons, coppa, rillettes, gratins, fromages, bouteilles de vin. C'est la fête ! Leur magnificence a été suffisamment manifeste pour que les jours suivants ils se dispensent de toute participation aux activités culinaires.

Et puis il y a ceux qui descendent vers sept heures du soir, au moment où je commence à éplucher, couper, émincer, mixer... Ceux-là, je les adore. Car en réalité, on n'a pas forcément besoin d'aide pour préparer un tian ou faire rôtir un poulet, mais c'est agréable de discuter tout en cuisinant. D'échanger des idées. Nous sommes toutes obsédées par le « qu'est-ce qu'on va faire ce soir ? ». Nous avons tendance à nous installer dans une sorte de routine, avec nos spécialités, nos recettes fétiches, nos plats faciles à faire. Côtes de bœuf au feu de bois, poulet au miel et à la moutarde, filet mignon au soja, wok de légumes... On finit par se lasser. Toutes les maîtresses de maison sont à l'affût d'idées nouvelles.

C'est ainsi que, durant l'été, certaines recettes se propagent d'un côté à l'autre de la France, comme certains jeux, entre gamins, dans toutes les cours de récréation. L'an dernier, de la Normandie à la Côte d'Azur en passant par la Bretagne, tout le monde s'est refilé la recette de la soupe de courgettes à la Vache qui rit. Onctueux, délicieux, et très facile à faire. Ou le fromage blanc à la compote d'abricots aux amandes grillées. Effet garanti. Chacun apporte son savoir-faire, son truc pour réussir la mayonnaise, la mousse au chocolat, le chèvre chaud… « Pour faire ta crème Chantilly, mets du sucre glace, elle tiendra mieux ! » « Si tu veux donner un peu de moelleux à ton poulet, tu le farcis avec des petits-suisses. » « Pour être sûr de bien saler tes pâtes, c'est très simple : il faut une cuiller à café de gros sel par litre d'eau. » « Moi, je rajoute un peu de concentré d'amandes amères dans le gâteau au chocolat, c'est à tomber. Tu devrais essayer. » « Pour ne pas pleurer en épluchant tes oignons, tu mets une gorgée d'eau dans ta bouche. Essaie, tu vas voir : cela marche. » On essaie. L'opération se termine en éclats de rire et en spasmes étranglés.

Au passage, je décerne une Palme d'or à Patricia et à Marie-José. Habituées aux grandes tablées, non seulement elles participent, mais elles anticipent. En deux temps trois mouvements, elles ont monté les blancs en neige, découpé le poulet, lavé la poêle, épluché la salade de fruits...

Très souvent, un invité ou les enfants se proposent de préparer tout le dîner :

– Tu te mets dans un fauteuil et tu ne t'occupes de rien.

Le bonheur ! C'est une vieille tradition : laisser carte blanche aux enfants. Quand ils étaient gamins, ils nous préparaient des brochettes de Mashmallos grillés, des hot dogs agrémentés de fraises Tagada. Délicieux. Depuis, ce sont de véritables cordons-bleus : gaspacho vert, mousse d'avocat, tartare de saumon, soufflé au fromage... Mais de telles initiatives peuvent aussi tourner au happening, car forcément, la personne volontaire décide de mettre les petits plats dans les grands et de faire ses recettes fétiches. Risotto à la milanaise, gratin de fruits rouges, velouté d'asperges... Il faut dénicher au fond d'une armoire des ramequins, un plat à soufflé, un tamis, une moulinette. Vite envoyer un enfant à la supérette pour aller chercher du safran, du bouillon de poule ou des anchois. Rapidement la cuisine se transforme en champ de bataille, avec des casseroles, des mixeurs et des récipients dans tous les sens. Mais quel bonheur de déguster le gigot aux petits oignons caramélisés, accompagné d'un gratin dauphinois, en ayant pu prolonger la sieste. Celui-là sera sûrement réinvité.

Certains invités, surtout les hommes qui se piquent de cuisine ou de diététique, peuvent vite se transformer en ayatollahs.

– Quoi, tu ne fais pas tes œufs brouillés au bain-marie ? C'est bien mieux, car tu n'as pas de matière grasse. Et c'est plus onctueux…

Ben si, d'habitude, mais là, bon, les enfants ont faim, ils sont fatigués, alors je simplifie. Ou bien :

– Tu sais, ce n'est pas bon de manger de la viande le soir !

Oui, je sais, mais à midi on a avalé une tartiflette vite fait sur les pistes, alors je ne pense pas qu'un peu de rôti soit une catastrophe… Il ne faut pas non plus que cela tourne à la tyrannie.

Le plus délicat, c'est le débarrassage. On a la panse bien remplie, on a envie d'aller s'affaler dans un fauteuil, de siroter un petit alcool ou boire une tisane. Éventuellement faire une partie de tarots ou de backgammon, mais pas de ranger. Et puis, c'est très bas une machine à laver la vaisselle. Surtout le tiroir du bas. Par politesse, tout le monde prend nonchalamment une assiette, un plat, deux verres, et s'engage alors une lente transhumance, avec plus ou moins d'énergie. On transporte vaille que vaille les reliefs de la salle à manger vers la cuisine, qui prend vite des allures de dépotoir.

Nourrir chaque jour une douzaine de personnes, offrir une bière au plombier, un coup de rouge au voisin, sans oublier le tea-time sur la terrasse, le goûter des enfants, l'apéro, c'est, effectivement un véritable tour de force. Parfois, le soir, en m'endormant, je revis ma journée en accéléré, comme dans des films d'animation : je me vois en train de remplir et de vider la machine à laver la vaisselle, dans un mouvement perpétuel. Je m'imagine en Shiva, réussissant, grâce à ma dizaine de bras, à faire la sauce de salade, tout en épluchant les pommes de terre, en préparant le plateau de fromages et en vérifiant la cuisson du crumble. Ou bien j'observe, avec horreur, le réfrigérateur plein à craquer se vider tout seul...

CHAPITRE 6

« Tu fais une machine ? »

Alain disait : « La politesse, c'est le vêtement de l'âme. » Un mélange de discrétion et de civilité qui permet de s'accorder en société, d'éviter des heurts trop violents, de rendre la vie légère et joyeuse. Une façon de masquer ses vices et ses tares, comme on dissimule ses bourrelets ou ses varices. Bref, une forme d'élégance. Le b.a.ba de la civilisation. Il ne s'agit pas de sombrer dans les platitudes doucereuses ou les salamalecs sournois, bref de gommer sa personnalité, de travestir en permanence ses idées ou ses goûts. Non, il s'agit juste de faire attention aux autres. Et même aux choses. La politesse exige non seulement un peu de tact, mais aussi un minimum de franchise, de simplicité. C'est le contraire de l'hypocrisie. Tout est tellement plus simple quand on ose dire les choses, aimablement, plutôt que dissimuler.

Ainsi, une fois, une amie vient passer quelques jours avec sa petite fille de quatre ans. Mes enfants ayant grandi, j'avais complètement perdu la notion du « pipi au lit ». J'installe la mère et sa gamine dans une chambre double. Je vérifie que tout est en ordre : serviettes, savon, Kleenex, bouteille d'eau... J'explique comment régler les radiateurs. Je vérifie : « Besoin de rien ? » Les vacances terminées, après son départ, je découvre un matelas maculé d'auréoles. Pas très grave, mais cela aurait été tellement plus simple de dire les choses. J'aurais certainement trouvé une alèze. Sans doute ne voulait-elle pas déranger. La timidité est la pire ennemie de la politesse.

L'état de la chambre est un bon indicateur du degré d'éducation. Il y a ceux qui, à défaut de défaire leurs draps, vident leurs poubelles et jettent les bouteilles vides. Qui déposent sur la commode une enveloppe pour la femme de ménage qui viendra nettoyer leur chambre et leur salle de bains. Et puis il y a ceux qui laissent tout en plan. Enfin, tout en plan, ce n'est pas très grave. Les week-ends sont courts. On peut comprendre, on est toujours en retard pour attraper le TGV. Non, dans certains cas, c'est carrément la porcherie. Il y a des ronds sur tous les meubles. Des poignées de cheveux dans le lavabo. Des cendriers pleins partout, y compris sur le balcon. Des paquets de bonbons et de biscuits vides qui traînent à droite et à gauche, des piles de vieux journaux sur la table, dans les toilettes, sur les rebords de fenêtre. Sans compter les petites culottes ou les chaussettes sales abandonnées sous le lit. Les traces de chaussures sur le parquet, alors qu'on a gentiment demandé de ne pas monter à l'étage avec de grosses chaussures...

Dans le genre Madame Sans-Gêne, nous nous sommes retrouvés avec un vrai phénomène. Une Américaine venue avec un copain. Superbe créature. À peine arrivée, Wendy me demande si elle peut donner du linge à laver. Sur ce point, j'ai très vite appris à dire non, car s'il fallait que je gère le linge de mes enfants qui reviennent de voyage, plus celui des amis qui remontent du Midi, plus les draps, plus les serviettes, plus, plus, il me faudrait une blanchisseuse à plein temps. Je réponds donc : il y a une machine à laver. Je montre la buanderie et j'explique qu'il suffit de mettre une capsule et d'appuyer sur le bouton « marche ». Wendy acquiesce avec un large sourire. Quelques minutes plus tard, je vois des bulles se former sous la porte.

J'ouvre : une inondation. Je ne le savais pas, mais quand on fait tourner une machine à vide, faute de poids suffisant dans le tambour, il arrive que la machine déborde. Or, notre belle Américaine avait juste mis un string à laver ! Un incident sans gravité. Mais alors que je m'échinais à éponger l'eau mousseuse à grands coups de serpillière, elle déambulait, perchée sur ses talons, cherchant désespérément un vase assez grand pour le bouquet de glaïeuls qu'elle venait de m'offrir. Je ne pus m'empêcher de lui dire avec beaucoup de diplomatie qu'on viendrait plus vite à bout du désastre en nous y mettant à deux. Elle me répondit avec un grand sourire qu'elle venait de se faire les ongles. Là, il n'y a plus rien à faire. A posteriori, on en rit !

Très difficile : les petites amies des amis qui ont dépassé la cinquantaine. Ils les choisissent jeunes, séduisantes et, la plupart du temps, il s'agit d'aventures éphémères. Encore tout émoustillées par leur nouvelle aventure, elles débarquent avec une garde-robe sexy, sans trop se préoccuper de l'univers dans lequel elles vont débouler. Leur mâle séducteur s'étant bien gardé de leur faire des suggestions vestimentaires, de peur d'aborder un registre dangereux, celui de la complicité familière. Elles descendent pour l'apéro dans le jardin, superbement maquillées, avec une minijupe découvrant de magnifiques jambes bronzées, de ravissantes mules à talon denier cri. Et se retrouvent au milieu d'une assemblée de fans d'escalade, vêtus de chemises écossaises et de robustes pantalons zippés dans tous les sens. Très vite, elles grelottent. La maison est tout de même à mille deux cents mètres d'altitude. Même par beau temps, à la tombée de la nuit, il fait frais ! Compte tenu de l'absolue indifférence de leur chevalier servant, je me précipite pour leur prêter un châle, une veste en polaire. Mais déjà le mal est fait. Elles se sentent exclues, étrangères, différentes. Et très vite, cela plombe l'ambiance.

Un jour, une de mes copines a été victime des quolibets de toute ma bande – dans son dos, évidemment – car elle avait débarqué pour dîner chez des amis avec ses ravissantes ballerines, une jupe à volants et un décolleté plongeant. Son Jules n'avait bien sûr pas pensé à la prévenir : nos hôtes habitaient un hameau de vieux mazots pieusement conservés dans leur jus, meublés de tabourets de fermes authentiques et autres meubles inconfortables. Le comble du chic. Pour y accéder, il fallait emprunter un long sentier pierreux légèrement casse-gueule et crapahuter une bonne vingtaine de minutes, en s'éclairant avec des lampes torches et des frontales. Ambiance refuge. Évidemment, elle ne s'était pas sentie à l'aise. D'où une attitude un peu crispée, qui lui valut une réputation de snob guindée ! Il faut dire que durant tout le dîner, la conversation avait tourné sur les qualités comparées de tel ou tel guide et s'était achevée sur la meilleure façon d'aborder le franchissement d'un surplomb dans les aiguilles Rouges, un passage en 6A, auquel on accédait après avoir franchi une dalle verticale... De quoi faire périr d'ennui les non-initiés.

C'est toujours difficile de s'immiscer dans une bande, de s'acclimater à une atmosphère de vacances, d'entrer dans l'ambiance, d'apprécier ce qui fait le charme et le chic de l'endroit. Premier conseil : avoir le bon déguisement. On ne s'habille pas de la même manière à

Saint-Tropez et à La Trinité-sur-Mer. À Gordes et à Saint-Jean-de-Luz. Ensuite, il est préférable de maîtriser le vocabulaire du cru. Au Pilat, on navigue sur des pinasses, à Porquerolles sur des pointus, à l'île de Ré sur des Casavant ou sur des Tofinou... Dans le Midi, il y a du mistral, dans le Languedoc de la tramontane, dans les Alpes du fœhn... Il est également recommandé d'avoir quelques vagues notions du *Who's who* local. Cela peut éviter quelques gaffes et ne pas lancer à son voisin, qui vient de gagner la Transat : « Ah, vous êtes navigateur ? » De demander à Maurice Herzog ou à Christophe Profit : « Cela fait longtemps que vous venez dans la vallée ? » Un zeste d'érudition sur la gastronomie locale, les fromages, les vins, peut éviter de passer pour un total ahuri. Cela évite d'avoir à demander, à chaque fois, à ses hôtes : « C'est quoi une tartiflette ? Et un farçon ? Et une croûte ? Et une reblochonade ? » Enfin, la lecture du journal local permet d'être au courant des grands événements et de suivre la conversation, à défaut d'y participer !

Chamonix, de ce point de vue, est une société particulièrement hostile pour les invités de passage. À Cham, il y a trois catégories d'êtres humains. Les touristes – les Bidochons – qui débarquent par dizaines de milliers chaque jour, le temps de monter à l'aiguille du Midi en téléphérique pour apprécier le panorama, et envoyer une carte postale. Ceux-là appartiennent à un monde à part. Ils ne côtoient guère les habitants. Ensuite, il y a les amateurs, qui pensent que faire le mont Blanc ou la vallée Blanche est le must absolu. Ils sont tout juste tolérés. Et enfin, les vrais fans, les connaisseurs, qui méprisent les précédentes catégories. Eux, leur trip, c'est de descendre l'Envers-du-Plan par une nuit de pleine lune, de faire des traces dans le couloir des Cosmiques un lendemain de chute de neige, d'escalader des cols pour accéder à des pentes totalement vierges. Néophyte s'abstenir.

Car Cham est une ville de fous, de barjos, de cinglés, de fêlés, d'allumés, de frappadingues. Ils se damnent pour une première en hivernale, sur une face nord, par moins quarante degrés. Se lancent à cent kilomètres heures, en surf, dans des couloirs à cinquante degrés. Ils organisent des marathons sur le mont Blanc, en baskets s'il vous plaît. Sautent des aiguilles en parapente. Chamonix est La Mecque de l'alpinisme. La capitale des fous. Quand on lève les yeux, on découvre leur effroyable terrain de jeu. Une symphonie de sommets en granit, en glace, en neige, des couloirs, des crêtes, des aiguilles, des arêtes, des noires, des grises, des vertes... Rebuffat, Terray, Bonatti, Lachenal... Les plus grands alpinistes ont donné leur nom aux voies les plus acrobatiques. Et ils sont très nombreux à y avoir laissé leur vie.

Le dépassement, la démesure, la radicalité, la folie de l'extrême, le goût de l'inaccessible sont inscrits dans le patrimoine génétique de la vallée. Celui qui n'a pas goûté à l'ivresse d'un lever de soleil au pied d'une paroi, celui qui ne s'est pas laissé emporter par l'euphorie de la victoire sur une dalle verticale, après avoir vécu la peur de sa vie, celui qui n'a jamais savouré l'exquise onctuosité d'une omelette sur la terrasse d'un refuge, après des heures de marche, ne peut saisir la magie du lieu. Et, évidemment, celui qui débarque, en pantalon de lin et mocassins, en demandant si le mont Blanc, c'est bien l'aiguille pointue qui se détache, fait vite figure de sarpé[1].

– Quoi, c'est ce sommet rond ? Mais il paraît plus petit !

– C'est une question de perspective ! Mais tu n'as jamais vu de photo du mont Blanc ?

Une anecdote court la vallée. Un jour, un touriste débarque avec une planche à voile sur le toit de sa voiture et demande à un passant : « Comment on accède à la mer de Glace ? »

---

1. Sarpé : terme désignant en dialecte local quelqu'un de maladroit, de gauche, à côté de la plaque. Généralement un monchu.

CHAPITRE 7

« Va chercher ta dînette »

Pour que la maison soit vivante, on essaie, si possible, d'inviter des amis qui ont des enfants du même âge. Ou à peu près du même âge. On se dit qu'en bande, ils viendront plus facilement en balade, qu'ils joueront entre eux. Illusion.

Certes, d'une manière générale, les enfants sont assez contents qu'il y ait de l'animation, ils trouvent cela gai, mais ils aiment aussi être tranquilles. Ils détestent qu'on les dérange, qu'on perturbe leur univers. Ils sont très habitudinaires. Par principe, tout étranger est suspect. Différent. Toute incursion dans leur monde, dans leur maison, dans leur chambre, dans leur grenier, dans leur famille, est une agression.

– Pourquoi tu les as invités ? ne cessent-ils de répéter, ronchons, en se collant à vos basques.

À chaque fois c'est le même cirque. Vous essayez de les amadouer.

– Ils ne sont pas sympas ?

– Si, mais, tu vois, ils sont pas comme nous.

– C'est-à-dire ?

– Ben pas comme nous. Tu vois, eux, leurs parents, ils leur permettent pas d'aller chercher le pain tout seuls.

– C'est grave comme différence ? Peut-être qu'ils n'ont pas l'habitude de vivre dans un village !

D'ailleurs, ce n'est pas seulement de la timidité, du conformisme, c'est aussi le refus inquiet d'avoir à adopter un comportement forcé. Comme à l'école. Comme quand ils vont chez leurs grands-parents. Il leur faudra être poli. Ne pas interrompre à table. Finir leur assiette sans faire de caprices. Il ne faut pas en conclure que ce sont des monstres en l'absence d'invités, mais, sans regards étrangers, ils se sentent plus libres. Comme nous d'ailleurs. Et puis, ils n'ont pas envie de faire l'effort de s'occuper des invités.

– Va jouer avec Valérie !

Ils ont le sentiment qu'on cherche à se débarrasser d'eux. Pour pouvoir vivre notre vie. Une impression qui n'est pas totalement fausse.

Ces réticences et ces manifestations d'hostilité finissent par disparaître. Mais il y a une sorte de rituel à respecter avant de commencer à frayer avec les intrus. C'est le prix à payer. Ils commencent par s'ignorer, puis à se regarder en chiens de faïence. Ensuite, on passe aux récriminations :

– On ne sait pas quoi faire !

Alors qu'ils ont plein de jeux de société, de crayons de couleur, de pâtes à modeler, de Lego, de poupées Barbie, de Polly Pocket, de Petits Malins, de jeux vidéo... S'ils étaient tout seuls, ils sauraient très bien quoi faire, mais ils doivent absolument exprimer leur désapprobation. Alors on suggère :

– Montre ta dînette à Héloïse.

C'est vrai, c'est convivial une dînette ! On donne un peu de jus d'orange, des petits biscuits... Cinq minutes plus tard, on entend des hurlements :

– Héloïse a cassé une tasse !

– Ce n'est pas grave, ma chérie !

– Si c'est grave, c'est la dînette que papa m'a rapportée du Maroc.

Alors on passe au jeu de La Poste ou aux petits chevaux. On s'assure que tout le monde a ses pions, ses billets, ses dés, et on s'éclipse discrètement.

Re-hurlements :

– Louis, il a triché !

Les enfants ont beaucoup de talent pour ce genre de happening.

– Maman, il veut pas me rendre mon Snoopy !

– Maman, il m'a griffé !

– Maman, Pierre il a dit que j'ai l'air d'un garçon !

Il y a aussi la partition adverse, celle des enfants invités :

– Maman, il veut pas me prêter ses voitures.

– Maman, ils jouent sans nous.
– Maman, ils ont pris tous les gâteaux !

Ce qui agace le plus les enfants, c'est le comportement des parents. Les commentaires. Les compliments faits aux autres :

– Tu vois comme il se tient bien à table, il n'est pas en train de se balancer.

– Ben moi aussi, quand je suis chez les autres, je me tiens bien !

Il y a aussi les comparaisons

– Tu vois, Pierre et Marguerite, ils n'ont pas le droit de regarder la télévision pendant la semaine.

Ou :

– Tu devrais prendre exemple, Sophie lit un peu tous les jours avant de prendre son bain.

Alors là, vos enfants vous fusillent du regard et vous balancent en pleine figure :

– Bon peut-être, mais n'empêche que je suis première en français et pas elle. Et puis moi, j'ai ma troisième étoile, elle, elle a peur sur le baby ! Faut que tu comprennes une chose : on n'est pas pareils !

Finalement, au bout de quelques heures – parfois, hélas, de quelques jours –, ils finissent par s'amuser comme des petits fous. Déguisements, fabrication de tipis avec tout ce qui leur tombe sous la main, construction de circuits automobiles dans l'escalier, trampoline sur les matelas, parties de gendarmes et voleurs, cocooning sur le canapé du grenier, affalés devant la télévision et les jeux vidéo.

Après avoir traîné la jambe, affirmé que Sébastien et Chloé sont nuls, non seulement vos enfants deviennent les meilleurs copains du monde, mais ils finissent par se liguer contre vous pour imposer leur loi.

– Non, on ne veut pas aller skier, il fait froid.

Et alors, le jeu devient très compliqué. On entre dans le domaine de ce qu'on appelle en diplomatie le multilatéral : les parents, les amis, les enfants, les enfants des amis, plus les autres amis qui sont là, tout le monde met son grain de sel.

– Tu ne vas pas les obliger, les pauvres, c'est vrai, il ne fait pas beau.

On tente d'expliquer que les enfants sont inscrits au cours pour la semaine, qu'on a payé l'abonnement, que c'est idiot de les laisser s'abrutir devant la télé, que cela leur fera du bien de prendre l'air, de se dépenser, qu'ils seront ravis... On se sent un peu rétrograde, figé dans une conception autoritaire de l'éducation. Et là, il y a toujours un copain pour vous prendre en traître et porter le coup de grâce :

– J'ai une idée, on va faire un igloo.

La motion est adoptée avec des hourras !

Le plus compliqué, ce sont les amis qui n'ont pas exactement les mêmes conceptions de l'éducation que vous. Ou qui ont décidé de relâcher la bride, durant les vacances. En clair, ceux qui passent tout à leurs enfants. Alors là, vous êtes coincé.

– Mais pourquoi Pascale elle est pas obligée de manger de la soupe ? Moi, j'aime pas la soupe.

– Elle, elle a bien droit de boire du Coca !

On essaie de faire preuve d'autorité :

– C'est l'heure d'aller prendre votre bain...

Et là, votre enfant se plante très fier devant vous, l'air triomphant.

– Stéphanie, elle a dit que ce soir on prenait pas de bain si on n'avait pas envie !

Vous découvrez que votre enfant est en train de grignoter un paquet de chips juste avant l'heure du dîner et, avant même que vous ayez dit un mot, il vous lance, ravi de son coup :

– C'est Marie qui nous l'a donné !

Très vite, tous les bons préceptes qu'on a essayé d'inculquer volent en éclats. Ces chères têtes blondes débarquent à table avec leurs jouets, mangent leurs spaghettis avec leurs doigts, trouvent hilarant de se barbouiller de ketchup. Ils font les pitres. Tombent de leur chaise. Jusqu'à la chute finale, inévitable, les cris, l'Hémoclar, le Synthol...

Le Nutella, les petits pains au lait sous vide, les boissons gazeuses, les sirops, les barres chocolatées, les Harribos et autres délicieuses friandises à la gélatine qu'on a strictement interdits deviennent l'alpha et l'oméga de leur alimentation. Mais c'est les vacances.

Cela fait partie de la magie. C'est aussi le temps des transgressions.

La gestion des ados est plus complexe. C'est l'âge où l'on se donne un genre. Ils débarquent la mine défaite, vers midi. Sans prononcer un mot. Quand ils finissent par émerger, on se risque à proposer une sortie. Mais ils sont déjà vautrés devant leur ordinateur à visionner les feuilletons américains qu'ils ont téléchargés durant la nuit. Trop fiers d'avoir déjà la saison 5 quand le commun des mortels en est encore à la saison 2 sur M6 ou TF1.

« Mékestanahafout'defairduspor ? » Dans le genre ado rebelle, Jeremy est un vrai chef-d'œuvre. D'ailleurs, il ne manque pas d'arguments : « Monter, descendre, remonter... Quelle vanité ! » Ou : « Claquer quarante euros pour s'entasser dans les bennes comme des sardines, très peu pour moi. » De toute façon, ski, raquette, patinage, surf, tout cela n'existe pas, vu qu'il déteste la neige. Une chose est sûre, il s'emmerde et le montre bien.

Si, par miracle, on arrive à décoller ces zombies de leurs ordinateurs pour aller faire une balade, c'est tout un cirque pour leur suggérer de se défaire de leurs atours. Par cette chaleur, un bermuda serait plus adapté que ce jean ? Les Converse ne sont-elles pas un peu glissantes pour aller marcher dans la moraine ? On leur propose une bonne paire de chaussures de marche.

Généralement, cela suscite une moue dégoûtée. En revanche, ils adorent les harnachements d'alpinistes : chaussons d'escalade, crampons, baudriers, mousquetons, dégaines... Proposez-leur de flirter avec les sensations extrêmes, et vous êtes quasi assurés du succès.

Même à cet âge-là, on se heurte toujours aux réprobations de principe. « Pourquoi tu les as invités ? – Ils sont sympas, non ? – Ouais, enfin un peu space... » Mais peu à peu, ils parlent de leurs écoles, se découvrent des connaissances communes. Ils s'aperçoivent qu'ils regardent les mêmes séries, aiment les mêmes films, téléchargent les mêmes musiques.

Un gamin passionné de rugby devient le meilleur pote d'une adorable jeune fille qu'on prenait pour une mijaurée. La fille d'un vieux camarade de Nanterre, super-intello, se prend de passion pour le VTT, pour les beaux yeux d'un jeune Adonis. Surtout, ne rien remarquer. Pas de réflexion.

Quant à nos enfants, ils initient la petite bande à l'escalade, ou aux délices du hors-piste. De toute façon, à cet âge, ils adorent évoluer en grappe, plus ils sont nombreux, plus ils sont contents. Tant qu'on ne leur demande pas de ranger leur chambre, ou de ramasser leurs chaussures qu'ils sèment un peu partout, tout va bien.

CHAPITRE 8

« Vous venez aux myrtilles ? »

Dans toutes les familles, dans toutes les maisons, il y a des rites, des traditions. Ici, c'est la cueillette de mûres sauvages, ou de framboises pour faire de la gelée, là, le ramassage des pommes ou des cerises du verger, là encore, la pêche aux coques et aux palourdes… Les enfants adorent cela. Ils participent volontiers à ces activités. Prélever son dû sur la nature procure un sentiment de puissance, de domination, assez primitif, qui les ravit.

Chez nous, il y a trois rendez-vous obligés : les pissenlits début mai, les myrtilles fin juillet, et les girolles en août. Enfin, cela dépend du temps, de la température, des gelées tardives… Chacun a ses coins. On compare d'une année à l'autre.

– L'an dernier, on a fait trente pots de myrtilles…

Ces activités qui ravissent les autochtones n'amusent que modérément les invités. Ils sont venus là pour se reposer, se balader, faire du sport. Et l'idée de crapahuter dans les buissons, de se plier en quatre, avec la certitude de se retrouver avec de bonnes courbatures ou même un lumbago n'engendre pas forcément l'enthousiasme. Sans compter que le maniement des peignes, ces instruments qui permettent de griffer délicatement les branchages pour ne recueillir que les fruits, n'est pas évident. Quand on n'a pas le coup de main, on arrache une multitude de petites feuilles collantes et très peu de baies. C'est vite décourageant. On se retrouve en moins de deux avec les mains et les ongles teintés d'un bleu violacé tenace, comme si on les avait plongés dans un encrier. Alors que faire ? On ne va tout de même pas renoncer aux myrtilles pour ne pas embêter nos amis !

Eh bien surtout, il faut faire comme chez soi ! Chacun doit faire comme chez soi. Pas envie d'aller aux myrtilles ? Eh bien qu'ils restent tranquillement au soleil, qu'ils aillent jouer au golf, se balader sur le balcon Sud. Préserver son mode de vie est tout un art. Ne pas blesser les « On fait quoi aujourd'hui », encourager les timides à s'aventurer seuls, brider l'audace des casse-cou trop présomptueux, prêts à tout.

Peu à peu, j'ai pris goût aux longues « bavantes » dont on revient fourbu, ivre de fatigue. Des images plein la tête : les séracs, les jeux de lumière dans les parois de granit, les tons minéraux des lichens, les reflets des aiguilles sur les lacs d'altitude, les moulins de la mer de Glace[1] où l'on peut observer l'eau limpide des torrents souterrains… Ces longues promenades exigent un minimum d'entraînement. Nous sommes tout un groupe d'amis qui, tous les soirs, se téléphonent pour décider des plans du lendemain. Une balade au col des Oiseaux, un pique-nique à la Terrasse, une randonnée au Trient…

Certains ont tendance à préjuger de leurs forces. Ils veulent absolument vous accompagner. D'autres au contraire font les timorés. Il faut encourager les uns, dissuader les autres, avec beaucoup de diplomatie. Concilier les goûts et les capacités de chacun. Proposer des variantes.

– Vous n'avez qu'à nous rejoindre à la Loriaz à l'heure du déjeuner.

Faire attention à ne vexer personne. Là encore, ne pas se fier aux apparences. Un jour, une amie extrêmement élégante, toujours tirée à quatre épingles, avec des tenues pastel – bleu glacier, rose pâle, vert émeraude – insiste pour faire « la grande balade ». Je suis très réservée. Elle insiste. Au quatrième lacet, elle sort de sa banane[2] un tube de rouge à lèvres, un poudrier et se refait une beauté.

1. Gouffre du célèbre glacier creusé par l'eau qui ruisselle en surface.

2. Petit sac qui s'attache autour de la taille.

Discrètement, mes amis me regardent, un peu interloqués. Et puis, à la surprise générale, elle fait la course dans le peloton de tête. Pas une goutte de sueur. Toujours égale à elle-même, souriante, éclatante. Une gazelle.

Il m'est arrivé, en revanche, d'entraîner des copains dans de vraies galères. À une époque où je connaissais mal la vallée, c'était même une de mes spécialités. J'avais envie d'explorer tous les recoins de la montagne, de découvrir des combes éloignées des chemins balisés. Sans toujours avoir les bons repères. C'est très trompeur, la montagne. Tel petit sentier a l'air tout à fait praticable et on se retrouve sur une corniche à moitié affaissée, un éboulis ou une falaise à pic ! Il s'agissait juste de traces faites par des animaux. Et là, deux solutions : essayer de franchir l'obstacle ou rebrousser chemin. Au début, j'optais toujours pour la première solution, ce qui m'a parfois mise dans de beaux draps, avec des amis saisis de vertiges, paralysés par la peur.

J'ai ainsi eu une période VTT. Je trouvais formidable de monter en téléphérique avec les vélos, pour redescendre les pentes à toute allure. Mais on a vite épuisé les pistes praticables. Alors un jour j'ai tenté une variante. Nous nous sommes retrouvés dans un champ de myrtilles et de rhododendrons. La galère... Contraints de porter nos vélos sur le dos, nous avons crapahuté dans les broussailles et les pierriers. Nous sommes rentrés exténués, les mollets balafrés. Aujourd'hui encore, j'en suis mortifiée.

Mes enfants racontent avec bonheur, sûrs de leur effet, comment, alors qu'ils n'avaient pas dix ans, sous prétexte de prendre un raccourci, je les ai entraînés dans un vallon qui se terminait en précipice. Comment on a dû remonter et attraper, in extremis, la dernière benne. Mère indigne. Et mon mari apportera un peu d'eau à leur moulin en narrant les nombreuses fois où je l'ai emmené skier sur le glacier, dans une neige trafolée[1], croûtée, gelée, avec un brouillard à couper au couteau.

L'hiver, la gestion des invités est particulièrement délicate. Tout juste arrivés de Paris, ils ont envie de faire un ski peinard, sur des pistes normales, damées, balisées. Si possible au soleil. Et vous, vous êtes déjà en train de réfléchir aux mérites comparés d'une descente sur le versant italien qui a été moins exposé au vent d'est, d'une balade en peaux de phoque dans les Aiguilles rouges, ou d'une orgie de poudreuse sur le

1. En savoyard, neige non damée déjà parcourue de traces de skis.

glacier des Grands-Montets, avec une exposition plein nord. Alors là, attention à ne pas braquer tout le monde ! Il faut composer.

Peu à peu, au fil des expériences, une sélection naturelle s'est opérée : les adeptes de grands boulevards bien damés ne se précipitent plus pour venir à Chamonix. Et ceux qui sont devenus des habitués sont fans de virées escarpées. C'est un grand bonheur quand, enivrés par une longue descente sur le glacier de la Vierge, puis sur l'Envers-du-Plan[1], avec déjà six mille mètres de dénivelé dans les pattes, ils réclament, alors que je suis moi-même sur les rotules : « On se refait un Grands-Montets ? » Il m'arrive d'ailleurs d'abdiquer, et de me précipiter dans le sauna pour faire disparaître de méchantes courbatures.

La question du déjeuner est très symptomatique de l'état d'esprit. Surtout aux sports d'hiver. Là aussi je mets tout de suite mes invités au parfum. À Avoriaz, dans les Trois Vallées, à Val-d'Isère, bref, dans les stations normales, la pause déjeuner fait partie des petits plaisirs. On se retrouve dans des restaurants typiques, bien décorés, avec une grande terrasse : chalets d'alpage, refuges, granges… De ce point de vue,

1. Une longue descente qui part de l'aiguille du Midi.

Chamonix n'est pas un lieu particulièrement bien équipé. Il y a certes quelques bonnes tables, vite remplies. L'ancien refuge de Lognan, avec une ambiance haute montagne, La Bergerie, avec une vue éblouissante sur le massif, exposée plein sud. Mais, il faut bien l'avouer, le choix est assez restreint.

C'est une question de culture. Un Chamoniard est au-dessus de ce type de contingences. L'important, c'est de choisir la meilleure exposition, pour faire le meilleur ski. Et pas de choisir la piste qui conduira au meilleur restaurant. Pour ne pas rater une descente, à l'heure où la neige est encore légère, et les risques d'avalanche plus réduits, on préfère manger une croûte ou une tartiflette sur le pouce chez Karim à l'arrivée du téléphérique. Ou grignoter quelques abricots séchés et des barres de céréales sur un rocher.

Le must, c'est de skier jusqu'à plus soif, et de s'attabler à trois heures de l'après midi, dans un lieu peu fréquenté, bien perdu, que seuls les initiés connaissent – un arrêt bougnette, une buvette – et là, d'ouvrir une bonne bouteille de vin blanc frais... Pour finir la balade passablement éméchés et vite aller dégriser sous la couette. Je conseille donc à mes amis d'avoir toujours de quoi grignoter dans leurs poches. Dans la cuisine, il y a d'ailleurs un bocal prévu à cet effet, avec des Mars, des barres de céréales, des fruits séchés.

Au bord de la mer, la gestion des invités est moins problématique. Certes, vous pouvez tomber sur une allumée dans mon genre qui va vous proposer une petite balade en bateau et vous vous retrouvez sur un catamaran, par force six, avec des creux de deux mètres, essayant de tenir tant bien que mal au trapèze, malgré les paquets d'embruns qui tentent de vous emporter à chaque vague ! Mais d'une manière générale, le tempo des vacances au bord de la mer est plus calme. Plage, baignade, cabotage, balade à vélo. Le soir, un pot chez des amis, un dîner au bistrot. Les plus sportifs iront faire un footing, ou jouer au tennis. Les jours de mauvais temps, un peu de shopping. Une glace sur le port. C'est à la portée de tous, jeunes et vieux.

Remarquez, il y a d'autres problèmes. Le sable qui envahit la maison, les vélos crevés, les traces de maillots mouillés sur les canapés, sans compter la piscine s'il y en a une. On peut faire un chapitre entier sur les piscines. Les serviettes qui traînent partout, les gosses qui font la bombe juste au moment où vous passez alors que vous venez de vous changer.

À Chamonix, les vacances ont un côté plus radical. C'est ce qui leur donne une saveur particulière. Mais il faut gérer. Côté shopping ou lèche-vitrine, par exemple, mieux vaut s'abstenir. À part les grandes marques de vêtements de sport, c'est assez limité. Encore que, depuis que les Japonais, les Russes, les Anglais ont commencé à envahir la vallée, on a vu apparaître quelques enseignes prestigieuses. Il nous arrive de traverser le tunnel du Mont-Blanc pour aller faire des provisions de spécialités italiennes à Courmayeur, de pousser jusqu'à Turin, pour quelques emplettes ou chiner aux Puces, mais à vrai dire, ce n'est pas la principale occupation. Chamonix, ce n'est pas Saint-Tropez, ni Biarritz ou Megève. Et tant mieux !

Cela dit, pour revenir aux myrtilles, ne vous embêtez surtout pas à venir les cueillir. Il sous suffit de vous extasier devant mes confitures pour être bien vus.

CHAPITRE 9

« Non, il ne fallait pas ! »

J'adore le moment où les invités, tout heureux de vous faire plaisir, apportent leur cadeau. Certains, à peine arrivés, impatients, sûrs de leur fait, s'avancent avec aplomb dans le salon et déposent le paquet enrubanné, tel un trophée, devant tout le monde. Prêts à recevoir les félicitations du public. La plupart du temps, de tels invités se révèlent joyeux, amusants, entreprenants.

D'autres attendent en embuscade le moment où ils pourront vous offrir leur présent en tête à tête, à l'abri des regards et des commentaires. Ceux-là sont généralement des hôtes discrets, pleins de tact, mais souvent susceptibles. Les timides, eux, attendent la dernière minute, au moment du départ, pour glisser subrepticement un paquet sur la table d'entrée, anxieux à l'idée de vous décevoir, d'avoir l'air ridicule,

Et puis, il y a ceux qui arrivent en s'excusant, pleins de faconde : « Ma chérie, je n'ai pas eu le temps de t'apporter quelque chose, mais dis-moi ce qui te ferait envie... De quoi tu as besoin ? » Souvent je les prends au mot : un écran plat, un robot Magimix...

– Mais non ! Rien du tout. Que tu sois là est déjà un cadeau !

Ces négligents sont soit des barjos-rigolos-bobos. Et on se fiche qu'ils aient zappé le cadeau. D'ailleurs, généralement, ils manifestent leur gratitude autrement, en vous invitant dans un bistrot, en rapportant de bonnes bouteilles. Ou bien ce sont des margoulins-radins-crétins qu'on ne réinvitera pas de sitôt.

C'est très révélateur, un cadeau. Il dévoile le goût des invités, l'idée qu'ils se font de vous, l'affection qu'ils vous portent. Pour certains, faire un cadeau relève de la corvée. Pas le temps, pas d'idée, plus de fric. Ils bâclent. Pour d'autres, c'est au contraire un vrai bonheur, l'occasion de dénicher l'objet qui fera plaisir, de laisser leur empreinte, une marque d'amour.

De tout temps, dans toutes les civilisations, les rencontres ont été célébrées par des échanges de cadeaux. Dans l'Égypte ancienne ou dans la Grèce antique, c'était un art très codifié. Bijoux, aliments, figurines, à chaque événement, étaient associées des offrandes particulières. Elles permettaient d'honorer les personnes selon leur rang et leur dignité, selon les occasions. Ainsi, ce n'est pas simple hasard si les Rois mages ont offert à Jésus de l'or, de la myrrhe et de l'encens. Ces présents n'étaient pas seulement précieux, ils avaient tous une signification particulière. L'or manifestait la reconnaissance de la royauté de Jésus, l'encens la reconnaissance de sa divinité, et la myrrhe celle de son humanité.

Au Japon, l'art des cadeaux atteint le summum du raffinement. D'ailleurs, au pays du Soleil-Levant, on fait des cadeaux tout le temps, entre collègues, entre clients et fournisseurs, entre amis... Ensuite, il faut « rendre » en faisant un cadeau d'au moins la moitié de la valeur. Et la coutume veut qu'on n'ouvre jamais un paquet devant celui qui l'a offert. On fait des discours de remerciement, des révérences et des salutations, mais on n'ouvre pas le paquet. Cela évite les grimaces et les phrases à la noix, du type : « Ah mais non, Pierre, c'est une écharpe, comment tu as eu cette idée, c'est formidable ! » Une bonne écharpe de laine tibétaine, qui gratte énormément, ça fait extrêmement plaisir ! Ou le : « Oooh ! Une nappe ! Thérèse vraiment... Quelle bonne idée ! » Alors que celle-ci va directement rejoindre au grenier le cimetière des nappes inutilisées, parce qu'elles jurent avec les couleurs de la salle à manger, ou parce que, tout simplement, elles sont trop petites. Et puis, on ne met plus de nappes, ou rarement. Les sets de table, c'est tellement plus pratique. Repasser des nappes de 3,50 m de long, très peu pour moi. Quand je ne sais pas quoi dire, prise de court, il m'arrive de m'exclamer : « Oh, il ne fallait pas ! » Et immédiatement, j'ai peur que mon inconscient n'ait été trahi, que par cette petite phrase, j'aie laissé entendre le peu d'intérêt que je porte à l'offrande. Alors j'en rajoute, ce qui sonne encore plus faux. Finalement, les Japonais n'ont pas tort, ce n'est pas idiot de remercier poliment sans savoir ce que l'on vous offre.

Au moment de déchirer le papier, j'éprouve toujours une émotion. Pas seulement parce que ce geste éveille le souvenir lointain de ces matins de Noël où je découvrais avec excitation, sous le sapin, tous les paquets multicolores, manifestation de l'affection de mes parents, matérialisation de mon extrême importance. Mais j'aime ce moment où on est le nombril du monde. À nos âges, ce n'est pas si fréquent, on reçoit de moins en moins de cadeaux. En revanche, on passe son temps à en faire : mariages, naissances, fêtes, anniversaires, Noël, départs des collègues ; enfants, parents, filleuls... Alors, quand c'est à son tour d'être l'objet d'une telle attention, on ne boude pas son plaisir.

Un vieil adage prétend que seule l'intention compte. C'est totalement stupide. La maison est pavée de bonnes intentions. Nous avons ainsi accumulé au fond des placards une collection impressionnante de vases. En forme de courge, d'obus, de boule, de croix. Des vases cylindriques, coniques, carrés, rectangulaires. En verre teinté, soufflé, sablé, bariolé. En céramique, en grès, en acier galvanisé, en plexiglas, en simili-cristal... Des vases kitsch, ethniques ou design. Une horreur. Sans compter qu'à la montagne ce n'est pas d'une très grande utilité ! L'hiver, on a rarement l'idée d'aller acheter des roses ou des tulipes de serre ! Et l'été, on préfère les fleurs sauvages, celles du jardin. Nous avons également une collection impressionnante de dessous-de-plat, de tire-bouchons, de photophores, de tasses décorées de vaches, de sapins, de bonhommes de neige...

Le prix du présent n'a aucune importance. Au contraire. Qu'un invité, fortuné, vous offre un magnifique plaid en cachemire, ou une jolie poya[1], cela fait évidemment plaisir. Mais un objet coûteux n'est pas forcément gage de réussite. Il doit être adapté au lieu, au goût, au style, sinon, la valeur marchande occulte le geste. C'est idiot de vouloir « en jeter ». Un présent ne doit pas se transformer en signe extérieur de richesse. Il s'agit avant tout d'une manifestation d'amitié.

1. À l'origine, peinture naïve sur bois, représentant le départ des troupeaux à l'alpage qui décorait la façade des fermes dans le canton de Fribourg. Aujourd'hui, peinture de petit format qui s'inspire des thèmes originels.

Un jour, la mère d'une camarade de classe d'un de mes enfants, dont je savais qu'elle ne roulait pas sur l'or, nous a tout simplement apporté une collection de pots de moutarde de différents parfums : à l'estragon, au miel, aux fruits rouges, au cassis, aux noix, aux échalotes, au cognac... C'était délicieux. Cela a nourri de nombreuses conversations. On a échangé nos avis respectifs sur l'adéquation de telle ou telle moutarde avec le canard, le bœuf, le veau, le porc, le poulet froid... C'était bien plus rigolo que la boîte de pâtes de fruits de chez Hédiard, avec son emballage rouge, que m'avait offerte une adorable invitée, dont la mère pensait sans doute qu'il fallait apporter quelque chose de chic. Encore aujourd'hui, la boîte doit traîner sur une étagère, quasiment pleine. Qui mange encore des pâtes de fruits ?

Je ne jette la pierre à personne. Combien de fois, moi-même, me suis-je précipitée, entre deux rendez-vous, dans une boutique de décoration pour acheter des bougies parfumées, sans grand intérêt – chères, qui plus est – pour un de mes enfants invité à passer un week-end à la campagne... (On a aussi une impressionnante collection de bougies parfumées au chalet.) Trouver un cadeau pour les parents d'amis des enfants, qu'on ne connaît ni d'Ève ni d'Adam, est a priori un défi difficile à relever. Pourtant, quand on prend le temps de réfléchir à ce qui peut faire plaisir, ce n'est pas difficile. Un moulin à poivre électrique, le dernier coffee table book qui fait fureur à New York, un bel album de photos...

En revanche, faire un cadeau à un ami cher est un exercice délicieux. On recherche dans ses souvenirs les goûts de la personne concernée. On déniche un livre, un tableau, une photographie, un pull, un sac... On imagine la personne enfilant ce vêtement. Accrochant le tableau. On est si content quand on est sûr de tenir la bonne idée. Les fumeurs, les passionnés de littérature, de musique ou de pêche à la ligne sont évidemment les plus faciles à satisfaire. Ou ceux qui font des collections.

Il suffit d'un peu d'imagination. Un jour, ma nièce, une globe-trotter originale, m'a apporté des sets de table en bois tressé, achetés dans une petite boutique exotique du quartier de la Bastille. J'étais ravie. Un ami, venu passer un week-end, avait acheté sur eBay un magnifique livre de photographies de montagne datant du début du siècle. Génial.

D'une manière générale, un conseil : quand on n'a pas d'idée, le mieux est de s'en tenir aux classiques : des chocolats, du vin, du champagne, du genépi, de la poire, une chartreuse... Les bouteilles se vident si vite à la montagne. L'effort physique est un bon prétexte à desserrer l'étau du régime alimentaire.

Parfois on est content, aussi, de recevoir quelque chose qui vous est offert à vous, et pas seulement des objets utiles à la maison. Un pashmina, des gants, des lunettes de soleil dernier cri, une eau de toilette, un tee-shirt, un stylo, un CD, un bon bouquin. Et il n'est pas interdit de penser au maître de maison.

Les présents participent à l'atmosphère. Ils sont autant de témoignages du passage d'êtres chers. Ils font partie des souvenirs qui aliment l'histoire du lieu. La cafetière italienne de Pedro. Le panier à bûches de Patricia. La thermos gainée de cuir de Christophe. Le boufalou[1] de Sébastien. Les grands plats à gratin en céramique verte de Marie. Les assiettes à dessert décorées de marmottes et de chamois de ma mère. Le coffret d'Elton John de mes enfants. Ils rappellent les précédentes vacances, renvoient aux épopées de l'époque.

– Vous nous l'avez offert l'année où on a descendu le glacier de Toul par moins trente degrés avec un

1. Le boufalou, d'origine basque, est un long tube creux, originellement un bâton évidé, dans lequel on souffle pour attiser les braises.

vent épouvantable. Vous vous souvenez ? En arrivant au petit resto, à l'intermédiaire, Sophie avait les joues à moitié gelées... Elles étaient blanches. Mais la neige était fabuleuse !

Le malheur c'est que, sous prétexte que j'ai restauré une ferme ancienne, certains se croient obligés de m'offrir tout un tas d'objets d'époque.

– Tiens, j'ai retrouvé ça au grenier, j'ai pensé que ça te ferait plaisir.

– J'ai déniché ça dans une brocante, j'ai pensé que c'était parfait pour ta ferme.

Et j'ai ainsi accumulé un stock impressionnant de reliques du passé : des vieilles chaussures de montagne, d'antiques patins à glace, des piolets antédiluviens, des raquettes en boyaux, des paires de skis en bois, des bâtons en bambou, des luges et même un rouet, une quenouille... Au début j'ai tenté de disposer tous ces objets précieux. Je les ai accrochés à la rambarde de l'escalier, posé le long des murs, suspendu aux poutres... La maison commençait à ressembler à ces pièces reconstituées que l'on trouve dans les musées, on étouffait. Et puis, il en résultait un immense bazar, avec de véritables nids à poussière et à toiles d'araignée. Et pas facile, au milieu de ce fatras, de trouver de la place pour les vrais skis qu'on utilise, les vraies chaussures, les vraies raquettes...

J'ai donc tout stocké au grenier. Et que mes invités ne se vexent pas, car moi aussi je me suis laissée prendre au piège des brocantes et des vide-greniers. Je me suis ruinée en objets traditionnels : socs de charrue, sonnettes, cordes en chanvre, coffres sculptés, boîtes, tabatières en écorce, hottes en osier, sabots… Au bout d'un moment, j'ai tout revendu sur eBay. Et j'ai accroché au mur une collection de masques ethniques, ma nouvelle lubie.

CHAPITRE 10

« René a apporté des morilles »

C'est un des plaisirs des vacances, quand on possède une maison où l'on commence à être « implanté » : faire des dîners. On joue à la dînette en quelque sorte ! Après une bonne journée de ski ou une grande balade en montagne, après une nuit en refuge, on apprécie une soirée civilisée, et même un peu sophistiquée : s'attabler devant une jolie table, déguster de bons petits plats, deviser avec des êtres humains qui sentent bon : des hommes rasés de près, des femmes bien coiffées, maquillées. Cela change des godillots, des crampons, des vestes polaires et des casse-croûte. On débarque en bandes, avec ses propres invités. Les amis des amis se mélangent. Le sport n'empêche pas de faire la fête.

Voulant à tout prix éviter le côté guindé, conventionnel de l'invitation un peu solennelle, j'ai toujours du mal à trouver la formule juste. Le « Cela nous ferait plaisir de vous avoir à dîner jeudi soir » est un peu mondain. Le « Nous faisons un dîner jeudi, vous êtes libre ? » trop abrupt et pas très engageant. Non, il faut d'emblée souligner l'aspect festif, convivial. Trouver un prétexte à ces libations. Du coup, comme s'il s'agissait d'achalander le client, je me lance dans de longs baratins.

– Vous ne voulez pas venir dîner jeudi ? Ce sera sympa, j'ai invité des amis que vous allez adorer. Ils reviennent d'une semaine de peaux de phoque en Norvège. Et puis, j'aimerais vous faire rencontrer un type extraordinaire que m'ont présenté les G., il est météorologue. Il a été routeur pour plusieurs expéditions himalayennes... Il vient d'ailleurs de publier un livre.

On peut aussi jouer sur l'aspect gastronomique de l'opération. « Roland m'a apporté de magnifiques cuisseaux de chamois. » « On organise un dîner italien. Mon ami Renato fait des risottos exceptionnels. » Ou : « On a été cherché des truffes blanches à Alba[1]... » Effet garanti. Personnellement, je me damnerais pour des pâtes fraîches aux truffes blanches.

L'important, c'est d'éviter le dîner salonard, entre « résidants secondaires », l'entre-soi qui génère des

1. Alba est une ville située au nord de l'Italie d'où viennent des truffes réputées dans le monde entier.

conversations étriquées, convenues, sur le temps, les balades qu'on a faites, les dénivelés, les bévues du maire ou le récit de la croisière en Croatie dont on revient.

Seule solution : mélanger monchus et autochtones, sportifs et intellos, habitués et néophytes. Certes, ce n'est pas gagné d'avance. Tout le monde peut se regarder en chien de faïence. Mais, quelques bonnes bouteilles, un plat un peu original, une ou deux anecdotes pour lancer la conversation, la glace est vite brisée. D'ailleurs, les résidants secondaires, les passionnés, adorent rencontrer les vrais gens de la vallée. Pour s'enraciner encore un peu plus. Toujours cette quête d'authenticité. Et j'avoue que cela m'amuse : asseoir côte à côte un banquier et un gardien de refuge, un éditeur parisien et le localier du Dauphiné, un informaticien et un himalayiste, le kiné et un prof de médecine... J'adore observer, regarder comment l'émulsion va prendre. Les premiers échanges, les ajustements, les étonnements...

– Vous aussi, vous êtes en vacances ici ?

– Non, je tiens le magasin de sports à côté du bar...

Et au bout de quelques minutes, le monsieur en pull cachemire discute avec son voisin, un grand gaillard moustachu, des nouvelles chaussures, il découvre l'art des chaussons moulés, se renseigne sur les fibres qui permettent de fabriquer des cordes plus légères et plus solides, apprend que désormais on fait des vestes en Goretex sans couture, s'étonne que « la semaine des Parisiens » soit la moins lucrative pour les commerçants… Et de fil en aiguille, ils en arrivent à parler licences, franchises, taux bancaires, rentabilité, 35 heures.

Un vieux monsieur charmant, installé dans la vallée depuis de très longues années, aquarelliste à ses heures, passionné de botanique, captive ses voisins avec ses histoires de lichens, qui peuvent survivre à des températures de moins soixante-dix degrés et poussent de quelques millimètres par an seulement. Il raconte ces plantes qu'on croise sur les sentiers, sans leur accorder d'importance, sans même savoir si elles ont un nom. L'achillée millefeuille, appelée « l'herbe des charpentiers » car elle est réputée guérir les coupures. L'arabette bleuâtre, qu'on peut découvrir dans les moraines. Le trèfle des Alpes, surnommée réglisse des montagnes, en raison du goût sucré de sa racine. Le doronic, une plante vivace, tubéreuse, surnommée herbe à chamois, car elle est très appréciée de ces mammifères. L'euphraise des Alpes, qui était utilisée comme remède au XIVe siècle, « pour renforcer la tête, les yeux et la mémoire », et qui, aujourd'hui, sert à soigner les conjonctivites et l'ophtalmie, d'où son surnom de « casse-lunettes »…

À l'autre bout de la table, une collectionneuse d'art contemporain discute photographie avec un accompagnateur de montagne, dont elle vient de réaliser qu'il est également l'auteur d'ouvrages sur le massif. Je suis aux aguets, prête à susciter des sujets de conversation, mais tout va bien de ce côté-là également.

Ma voisine raconte que deux de ses poules se sont volé dans les plumes, dans l'enclos. Elle est arrivée juste à temps pour les empêcher de s'entre-tuer. Un convive lance :

– Les poules pondeuses sont plus agressives que les poules destinées à la chair ! C'est scientifique !

La conversation dévie sur l'inné et l'acquis chez les femelles ! La génétique fascine, révulse. Le dîner s'anime. Le brouhaha enfle, signe d'un dîner réussi. Comme à la télé. Ces alliages improbables, entre des personnes d'horizons très différents, créent une ambiance propice au dévoilement, à la sincérité. Cela fait sauter les verrous. On sort du jeu de rôle habituel.

Chamonix est, de ce point de vue, un lieu idéal. L'alpinisme favorise les rencontres : riches aventuriers et jeunes gars du pays, guides expérimentés et amateurs éclairés, suisses et anglais, hommes et femmes ont appris à se mélanger, à partager les mêmes bat-flanc dans les refuges. Unis par la même passion, ils se risquent dans des parois extrêmes, reliés à une même corde. Cela favorise les amitiés. Même si ce ne fut pas toujours ainsi. Il y a une quarantaine d'années, les guides ne dînaient pas à la table des clients, même au refuge ! Refus des riches bourgeois de se mêler à des êtres un peu frustes ? Ou désir des guides de rester entre eux ? Allez savoir.

La vallée, qui, il y a un demi-siècle, était peuplée de paysans, est devenue une petite ville cosmopolite. Le boom touristique a attiré une population de pionniers, de promoteurs, d'hôteliers, de moniteurs, d'entrepreneurs… Aujourd'hui, ce sont des concepteurs de site internet, des financiers de Londres, des architectes, des nomades qui viennent habiter Chamonix, plus pour le cadre que par passion de l'alpinisme. Toutes ces populations se côtoient, s'enrichissent mutuellement, à défaut de toujours s'entendre. Et les guides sont un lien précieux entre la sphère des gens des villes et celle des gens du pays. Entre le passé et le présent. Ils connaissent les deux versants de la société : d'un côté les touristes, plutôt aisés, qui font du ski, de l'escalade, et de l'autre ceux qui triment dans l'anonymat : cabiniers, perchistes, pisteurs… Ce sont souvent leurs frères, leurs cousins, leurs voisins de palier. Ils savent s'adapter aux différents univers.

Si le guide est un symbole, c'est parce qu'il n'est pas seulement un prestataire de services qui montre le chemin et assure son client. Il partage sa passion, ouvre les portes de ces immenses espaces naturels qui ont conservé leur aspect originel, vierges de toute trace humaine. Ils transmettent, racontent. Ceux qui ont ouvert des voies. Ceux qui y ont laissé leur vie. « La montagne seule n'est qu'une paroi, dit mon ami photographe Mario Colonel. C'est l'histoire de l'homme sur cette paroi qui est intéressante[1]. » Ils dévoilent aux citadins les portes d'un univers envoûtant, inaccessible au commun des mortels. « Un échantillon de tous les phénomènes de la nature, ou plutôt un mystérieux sanctuaire où reposent les éléments du monde visible », écrivait Victor Hugo, qui, comme tous les poètes romantiques, fut fasciné par le massif du Mont-Blanc. Un mot pour qualifier une roche, un geste pour indiquer une goulotte de glace aux transparences bleutées, un signe de la main pour alerter de la présence d'un bouquetin... Le guide vous fait entrer de plain-pied dans son domaine. Le grand Gaston Rebuffat disait, à propos de son métier, qu'il était « un jardinier qui ouvre les grilles de son jardin ».

Combien de fois, avec J.P., qui était mon ami et qui est mort en faisant son métier de guide, emporté par une avalanche, on s'arrêtait là, simplement, pour savourer le paysage, en silence. Nous sachant en parfaite symbiose, dégustant l'harmonie de ce chaos de sommets, de séracs, de goulets. Moments de joie, de sérénité, de bonheur. Ensuite, nous nous élancions en chantant, en criant dans les pentes poudreuses.

1. Yann Cruvellier, *Portraits au pays du mont Blanc*, Nîmes, Alcide, 2006.

Comme des enfants. Car la montagne, c'est aussi un fabuleux terrain de jeu.

Les guides sont au demeurant d'excellents convives. Non seulement ils ont, généralement, une personnalité forte, mais en plus, très souvent, ce sont des aventuriers. Des explorateurs. Ils voyagent beaucoup, organisent des expéditions, des trekkings, dans l'Himalaya bien sûr, mais aussi dans le Hoggar, en Iran, en Roumanie, dans le Kazakhstan, en Islande, en Amérique du Sud, au Canada… Ils sont appelés sur des travaux périlleux, sur des ponts, des tours. Ce sont eux qui avaient « emballé » le Pont-Neuf, à Paris, pour l'artiste Christo. Bref, ils ont plein de choses à raconter ! Succès garanti. Mais attention, il faut des années pour devenir vraiment ami d'un guide et le recevoir chez soi. Première difficulté : ils sont rarement libres. Ils gagnent leur vie à la sueur de leur front : nuits au refuge, lever aux aurores… Il leur arrive de faire le mont Blanc vingt fois dans la saison, ils peuvent perdre jusqu'à dix kilos durant un été. Pas question, donc, d'aller faire des mondanités. Et quand ils décrochent, c'est pour faire la fête avec leurs copains, retrouver leur famille. Et par tempérament, ce sont des hommes et des femmes – il y en a quelques-unes – très fiers, indépendants, non conformistes. Ils détestent ce qu'ils appellent les guides mondains, ceux qui vivent aux crochets de leurs clients et se comportent en gentils esclaves.

Mon amie Marine, journaliste, qui vit avec un guide réputé, Jean-Franck Charlet, réussit à merveille ces mélanges entre citadins et habitants de la vallée. Un plateau de contreplaqué, des tréteaux, un drap de lin, et en deux temps trois mouvements, elle dresse des tables de dix, vingt couverts. Médecins, guides, industriels, journalistes, photographes, artistes, tout le monde accourt. D'autant que, généralement, le fidèle compagnon de cordée de Jean-Franck, René, débarque avec des sacs de morilles que sa mère ramasse, dans le fond de la vallée, du côté de Sallanches. On se régale, on rit, on s'amuse.

Et puis, l'ambiance est magique, car Jean-Franck est non seulement guide, fils de guide, petit-fils de guide, avec une généalogie qui remonte au XIVe siècle, mais il est également cristallier, un métier qui remonte au temps où les gemmes se vendaient à Milan pour en faire des lustres. Les cristalliers forment un monde à part, une sorte de confrérie. Ils parcourent les voies les plus secrètes du massif, pour extraire des joyaux vieux de plusieurs millions d'années. Des quartz translucides, opaques, fumés, blancs, noirs, des améthystes aux reflets pourpres et violacés, des fluorites roses, rouges. Des concentrés de matière aux formes géométriques parfaites : prismes hexagonaux, pyramides à six pans. Jean-Franck raconte comment il trouve les « fours », ces cavités qui se dissimulent dans les failles, sur des parois inhospitalières, à plus de trois mille mètres d'altitude. Comment ils font pour rapporter des pièces de plusieurs kilos, et même parfois de dizaines de kilos. Il explique qu'ils ne sont pas des prédateurs, puisque de toute façon, la montagne, en permanente évolution, rejettera ces cailloux. S'ils ne sont pas prélevés, ils finiront dans les éboulis et redeviendront poussière. Hélas, il ne reste presque plus de cristalliers. Trop d'accidents, souvent mortels.

Sissi, Élisabeth, Dorothée, Tessa, Adélaïde, Évelyne, Annette, Marie-Christine, mais aussi François, Christian, Christophe, tous mes amis, chamoniards de cœur, ont cette conception de l'hospitalité. Cette attitude n'empêche pas le côté très *happy few* inhérent au monde de l'alpinisme, ce sentiment d'appartenance à une forme d'élite, non pas financière, mais... je ne trouve pas le mot. Les Anglais diraient « enlighted ». Amateurs éclairés, fins connaisseurs. Parfois, c'est vrai, l'atmosphère donne à l'étranger le sentiment d'exclusion. D'ailleurs, tous ces accidents, ces morts, ces promenades exténuantes, ces pentes vertigineuses, où est le plaisir ? Tout le monde n'aspire pas à cette sensation de liberté ultime. Tout le monde n'est pas prêt à en payer le prix. À la fin des années quatre-vingt, alors que de nombreux skieurs avaient trouvé la mort dans des avalanches, il fut question d'interdire le hors-piste et de poster des gendarmes à l'arrivée des téléphériques. Les guides se sont battus pour préserver cette liberté d'évoluer en haute montagne, au risque de sa vie.

Mais ce n'est pas un crime de ne pas aimer ! Alors que nombre de grands auteurs, de poètes romantiques, Jean-Jacques Rousseau, Byron, Shelley, Goethe, George Sand, Victor Hugo, Charles Dickens, ont vanté la sublime beauté du massif, Chateaubriand, lui, a dit toute sa détestation du lieu : « Ceux qui ont aperçu des diamants, des topazes, des émeraudes dans les glaciers sont plus heureux que moi ; mon imagination n'a jamais pu découvrir ces trésors. Les neiges du bas glacier des Bois mêlées à la poussière du granit m'ont paru semblables à de la cendre ; on pourrait prendre la mer de Glace, dans plusieurs endroits, pour des carrières de chaux et de plâtre ; ses crevasses seules offrent quelques teintes du prisme et, quand les couches de glace sont appuyées sur le roc, elles ressemblent à de gros verres de bouteille. »

Évoquant le voyageur débarquant dans la vallée au pied du massif, l'auteur des *Mémoires d'outre-tombe* écrit, toujours dans *Voyage au Mont-Blanc* : « Il voit comme au fond d'un entonnoir, au-dessus de sa tête, une petite portion d'un ciel bleu et dur, sans couchant et sans aurore ; triste séjour où le soleil jette à peine un regard à midi, par-dessus une barrière glacée. » Rien ne trouve grâce à ses yeux. « Mais les montagnes sont le séjour de la rêverie ? J'en doute ; je doute qu'on puisse rêver lorsque la promenade est une fatigue, lorsque l'attention que vous êtes obligé de donner à vos pas occupe entièrement votre esprit. L'amateur de la solitude qui bâillerait aux chimères en gravissant le Montenvers pourrait bien tomber dans quelque puits. »

Quel invité il aurait fait !

CHAPITRE 11

« Never outstay your welcome »

Vanessa est une convive modèle. L'invitée idéale. Radieuse, gaie, enthousiaste, bien que la vie n'ait pas toujours été facile pour elle. Curieuse de tout, impliquée dans de multiples mouvements associatifs, elle a toujours plein d'histoires à raconter, souvent rocambolesques, sur les parents d'élève, sur la façon d'extorquer des subventions au ministère de la Culture, sur le comportement des stars lors de diverses actions contre les plus démunis… C'est quelqu'un de profond, avec des réflexions justes sur la vie. Dernier point, très important, comme elle travaille dans un journal féminin, elle a toujours mille conseils à donner pour décorer une table, accommoder un plat, assaisonner un cocktail, soigner un bobo. Bref, tout ce qui rend la vie quotidienne légère et savoureuse. Elle est l'exact contraire de ces invités qui se croient à l'hôtel et qui sont la hantise des maîtresses de maison.

Non seulement elle aide, participe, mais elle anime ! Avec plein de tours dans son sac pour faire d'un déjeuner un moment drôle. Un jour, elle a pris un œuf dur, l'a mis dans un verre et a lancé un défi :

– Qui peut le retourner sans le toucher ?

Dix minutes de blagues, de stratagèmes loufoques. Puis elle a pris le verre, l'a posé devant elle et a soufflé de toutes ses forces. Miracle, l'œuf s'est retourné ! Vivats ! Tout le monde a voulu tenter l'expérience. Ensuite, Vanessa nous a appris à éplucher un œuf dur en soufflant. Elle a délicatement décalotté le sommet et la base de l'œuf, puis elle a soufflé dans l'un des orifices... Et, miracle, la coquille s'est détachée, libérant la chair blanche de l'œuf. C'est formidable ce genre d'invité, avec un côté un peu GO. Dans le genre, Gérard était formidable. Un super-magicien. Tours de cartes, disparition-réapparition d'une cigarette, d'une pièce de monnaie... On a passé quelques jours magiques avec lui. On l'a regardé, observé, scruté durant des heures... On a décortiqué ses gestes. On l'a harcelé, mis à la torture. Mais il n'a jamais dévoilé ses trucs.

Chacun peut à sa façon égayer un séjour. Une façon de faire un plat, une suggestion de roman à lire de toute urgence, des récits de voyage, un don pour le chant ou le piano, un talent d'imitateur.

Les jours passent, délicieux, avec Vanessa et son compagnon. Ils ont trouvé le timing parfait. Nous poussant à la balade un jour de beau temps où l'on se laissait aller au farniente, nous entraînant dans les brocantes un jour de pluie, nous faisant découvrir des auteurs... Ils ont parfaitement joué leur rôle d'aiguillon, pimentant le quotidien des vacances. Et le quatrième jour, comme prévu, ils se sont préparés au départ. Alors qu'ils descendent leurs valisent et commencent à charger leur voiture, on s'interpose, on se lamente :

– Mais pourquoi vous partez déjà ? Il fait un temps magnifique. Vous n'êtes pas à un jour près pour aller dans le Gers.

Et la réponse fuse dans la bouche de Vanessa qui est d'origine anglaise :

– Never outstay your welcome[1] !

Cette formule, à l'humour très british, est d'une immense finesse. Elle suggère qu'on se fait violence pour partir, qu'on a aimé son séjour, mais qu'on ne veut pas risquer de gâcher ces moments de bonheur. Et qu'on a le désir de revenir. Merveilleuse Vanessa.

Et c'est vrai, que de fois on regrette le départ de ceux qui ont su rester légers. En imprimant juste l'atmosphère du lieu d'une touche personnelle. Sans la dénaturer, la saturer. Comme les bons parfums. Durant

1. Littéralement : « Ne pas dépasser le moment où l'on est bienvenu. »

quelques heures, voire un jour ou deux, on se sent abandonnés, orphelins. En revanche, après une semaine avec les « On fait quoi aujourd'hui », on s'écrie au premier petit déjeuner en famille : « Enfin seuls ! » Même si, dans un premier temps, le silence peut paraître déroutant. Une maison a des rythmes. En fonction des saisons, des invités, des circonstances. Elle peut être gaie, accueillante, recueillie, apaisante... Il faut savoir utiliser toutes les palettes. Pour faire plaisir aux enfants ou se faire plaisir. Pour se reposer ou s'amuser.

C'était par une belle matinée de mars. J'avais appris qu'il avait neigé durant deux jours et la météo annonçait un temps beau et froid pour le week-end. Les conditions idéales pour la poudreuse. Le vendredi soir, j'avais sauté dans un train et le samedi, dès huit heures du matin, j'étais au pied du téléphérique de Lognan pour attraper la première benne des Grands-Montets afin d'être assurée d'avoir ma part du gâteau. J'étais seule avec Maxime, un jeune guide avec qui je skie depuis la disparition de J.P[1]. Arrivés au sommet, nous découvrons la merveille des merveilles : un bon

1. Il est temps, à ce stade du livre, de dire au lecteur que mon mari ne fait pas de ski. Il a fait sienne la devise de Winston Churchill révélant le secret de sa bonne sante : « No sport. »

soixante centimètres de neige fraîche, légère. Aiguilles plâtrées, sommets resplendissants, tout est clarté, pureté, volupté. L'air est vif, enivrant. Un grand bonheur. Des journées comme cela se comptent sur les doigts de la main.

Guides, clients, pisteurs, surfers, tous les frappadingues de la « pouf » se précipitent vers la rimaye[1] afin d'aller faire les premières traces sur les pentes du glacier d'Argentière. Personne ne prend la direction du Pas-de-Chèvre. Je regarde mon guide, et sans hésiter on fonce vers cette descente mythique.

Au pied des Drus, un imposant pic graniteux culminant à plus de trois mille sept cents mètres, le Pas-de-Chèvre est un immense territoire vierge, qui descend jusqu'à la mer de Glace, sans la moindre pollution visuelle : pas de baraquement, pas de câbles, pas de pylônes ni de panneaux de signalisation. Une magnifique pente de deux mille mètres de dénivelé, très raide, et relativement dangereuse. Au départ, notamment, dans le petit couloir du sommet, il faut faire attention aux corniches de neige accumulée par le vent qui peuvent provoquer de monstrueuses avalanches. Surtout quand on fait les premières traces.

---

1. Crevasse située entre le glacier et le rocher. Recouverte de neige, l'hiver, elle est le passage obligé pour accéder aux différentes pentes des Grands-Montets.

Une fois franchi ce passage délicat, où la couche de neige tassée, compacte, instable, atteint un mètre d'épaisseur, Maxime et moi nous lançons à corps perdu dans la pente immaculée. On flotte, on joue avec les bosses, les aspérités du terrain. Des gerbes de neige jaillissent de notre sillage. Il n'y a aucun bruit. Le silence est absolu. On entend juste le léger frottement des semelles de ski sur les cristaux de neige, le bruit mat de l'impact après un saut. On dévale la pente, complices, sans effort. Un moment de pure jouissance. Quand on file à vive allure, sur un vélo, une planche de surf, un voilier, on a la sensation d'échapper au temps, à la pesanteur, au réel. On devient immatériel. Le caractère exceptionnel, fugace, de tels moments, la peur maîtrisée du danger contribuent à l'excitation, à la griserie, à l'explosion de plaisir.

Parfois, dans la vie, pour les choses essentielles, comme pour les petits détails, il faut savoir saisir les opportunités. Le surfeur sait cela. Le pêcheur aussi. Pas question d'avoir à attendre un invité qui ne trouve plus son bonnet, un autre qui fait la queue pour acheter son forfait. Mais c'est difficile à expliquer. Alors, par moments, je pars seule et m'abstiens de proposer à quiconque de m'accompagner. Ne pas avoir à se soucier des autres, de celui-ci qui a un problème avec sa chaussure, de celle-là qui est soudain tétanisée par un raidillon, ne pas avoir à rechercher pendant des heures le ski égaré dans la poudreuse par un troisième larron, ne pas avoir à faire une pause pour la photo souvenir… Les virées en bandes, les grandes tablées ont leur charme, la joie est communicative, mais de temps en temps, j'apprécie de jouir en toute liberté de ce formidable royaume.

Une maison doit pouvoir rimer avec solitude. À quoi bon avoir une maison si l'on s'y sent mal, si l'on a peur quand elle est vide ? Comme on a rarement l'opportunité de profiter du silence et du calme durant l'été ou l'hiver, on en profite durant les intersaisons. Les week-ends d'automne se passent souvent en famille. Ou en tête à tête. On bouquine, on ramasse les feuilles mortes, on coupe du petit bois, on bricole. Au printemps, on profite des premiers rayons de soleil, on bronze, on lézarde, on jardine.

L'invité rompt le rythme naturel. Il réveille, stimule, distrait. Mais parfois, il agresse, perturbe. Comme pour une valse, un duo de concertistes, la réussite d'un séjour chez des amis tient à l'adoption du bon tempo. À la capacité d'adaptation au lieu. Il faut interpréter la bonne partition, jouer juste, bien sûr, mais aussi apporter une sonorité propre. Se prêter au jeu, tout en imposant sa marque. Savoir s'agréger au groupe et s'en extraire. Rester le temps juste.

Venez donc passer quelques jours chez nous...

Mone, Bruno, Alexandre, Patricia, Alain, Marie-Jo, Vincent ne sont jamais restés plus de trois jours d'affilée. Ils reviennent régulièrement. À chaque fois, c'est le même bonheur de les retrouver. Moments intenses, où l'on ne se quitte guère. Où l'on tente de faire de chaque activité une fête. Ce sont des points d'orgue, des vibratos intenses, qui deviendraient irritants s'ils se prolongeaient.

Pierre, Philippe, Marie-Hélène, Sophie, Jacques, eux, font de plus longs séjours. D'emblée, ils vivent leur vie. On sait qu'on va avoir du temps pour se parler, profiter les uns des autres. Au fil des ans, ils prennent leurs marques. Eux aussi deviennent des Chamoniards de cœur. Ils ont leurs habitudes, leurs propres amis dans la vallée.

On finit par former une tribu.

CHAPITRE 12

« M'man, j'ai invité quatre copains »

Un de mes amis, investisseur dans la Net économie, assez fortuné, a aménagé une superbe propriété dans le sud de la France. La décoration est sublime, le parc magnifique, la cuisine divine, la cave exceptionnelle. Tout est parfait. Il y reçoit beaucoup. Et à chaque fois, quand je débarque du TGV, à la vue de l'allée de cyprès qui conduit à la bastide, j'éprouve un véritable plaisir, une promesse de bonheur, l'impression de m'engouffrer dans un havre de paix, un écrin de volupté, à l'abri des soucis et des tracasseries quotidiens. Piscine, hammam, tennis, billard, salle de fitness, table de ping-pong, boules de pétanque, bicyclettes, home cinéma, il y a tous les jouets possibles et imaginables. Pourtant, au bout de quelques jours, j'éprouve toujours un malaise, le sentiment d'être en porte à faux, prisonnière, enfermée dans un monde déformé.

Au début je pensais que le luxe, et la vie en vase clos qu'il génère, était à l'origine de cette impression. Je partais au village, à pied ou à vélo, acheter les journaux, boire un café, pour tisser quelques fils avec la vie réelle. Mais je m'aperçus que l'isolement, le calme absolu n'étaient pas les principales raisons de mon trouble. Régnait dans cette demeure quelque chose de factice. D'apprêté. Et cela ne tenait pas simplement à la décoration parfaite, façon *Côté Sud*, ni au calme absolu. En réalité, c'était plus profond. Cet ami est célibataire. Il n'a pas d'enfants et ne voit guère sa famille. Non seulement sa maison, d'acquisition récente, n'a pas de racine, mais elle n'est pas destinée à en avoir. Elle flotte. Parfaite, mais hors du temps, hors de sa géographie naturelle. Elle avait été propulsée sur le marché par une agence immobilière et son sort était certain : dans quelques années, elle rejoindrait le lot des propriétés à vendre.

Une famille, c'est le lest d'une maison. C'est avant tout pour elle qu'on construit, aménage, retape. Pour les enfants, les futurs petits-enfants... Et à ce stade du livre, certains s'attendent à une longue complainte sur les déceptions, sur le bonheur familial qui se mue en cauchemar, à force d'indivis et de promiscuité.

La belle-mère qui fait des remarques sur tout, le fils du premier mariage qui ne cesse de s'empiffrer, la marmaille, bruyante et si mal élevée, les jeunes filles au pair qui ont le spleen, les enfants qui râlent quand on leur demande quand ils viendront : « Mais maman, c'est dans trois mois les vacances ! », etc. Eh bien, non ! J'étais la première à scander, adolescente, « on choisit ses amis, pas sa famille », et à lancer au visage de mes parents la phrase de

Gide : « Famille, je vous hais. » Mais Gide ajoutait : « Portes refermées, possessions jalouses du bonheur. »

Oui, c'est cela qui a engendré la haine de la famille bourgeoise façon XIXe : l'égoïsme, le sentiment de supériorité sociale, l'absolutisme parental, l'hypocrisie, une vision étriquée, la messe obligatoire le dimanche, et surtout l'impossibilité de rompre des liens vécus comme des chaînes. Or, la conception de la famille a complètement évolué. Ce n'est plus un carcan rigide, avec des normes et des préjugés, générant frustrations et rébellions, elle est redevenue ce noyau central originel autour duquel gravite une vaste tribu, où l'on compte certes les parents, oncles, tantes, cousins et grands-parents, mais aussi les amis, les copains, les collègues de bureau, les assistants, les associés. La famille ne repose plus sur des convenances, mais sur une connivence. Un cocon confortable.

– M'man, j'ai invité quatre copains. T'inquiète, je ferai les lits…

Notre maison – je parle de mon mari et moi – est aussi la maison des enfants. À tous les sens du terme. Ils s'en sentent responsables. Ils ont eu voix au chapitre pour décorer leur chambre et pour aménager la maison, choisir les rideaux, la couleur des canapés, l'emplacement des tableaux. Cette démocratie esthétique a d'ailleurs donné lieu à des discussions passionnées. Ma fille aînée, Jessica, qui a un véritable talent pour dénicher les beaux objets, est souvent venue chiner avec moi. Les enfants sont coauteurs. Et du coup, ils s'y sentent bien. Très jeunes, chacun leur tour, ils usaient de leur droit à « prendre le chalet » afin d'y passer quelques jours avec leurs amis, seuls. Sous la surveillance de mes voisins.

Oh ! bien sûr, la cohabitation entre différentes générations suscite parfois cris, exaspérations, engueulades. On est souvent las de voir le vestiaire se transformer en capharnaüm au retour de promenade. Les gourdes jamais vidées, les anoraks jamais séchés, les papiers de barres chocolatées jamais jetés. On serre les dents quand un ado « pète les plombs » à la moindre contrariété. On désespère devant l'état de la cuisine après le goûter : Nutella, chocolat, beurre, confitures, biscuits, jus d'orange, Coca, sans compter la préparation de gâteaux, crêpes ou gaufres… Jamais ils rangent ? On essaie de prendre sur soi. De choisir le moment adéquat pour faire une réflexion.

Les enfants sont source de joie, et ils obligent. Il faut les insérer dans un tissu social, leur trouver des camarades de jeu, leur faire découvrir l'univers dans lequel ils vivent. Les sortir. Les acclimater à la vie en société. Ils étoufferaient dans un lieu clos. Et si l'on ne leur ouvre pas les portes, ils fuguent par la fenêtre, font le mur. Quoi qu'il advienne, ils se débrouilleront pour retrouver des copains sur la place du village, jouer au foot, aller chercher des vipères, fumer leurs premières cigarettes, boire leurs premières bières. Notre plus grand bonheur, enfant, avec ma sœur aînée, lorsque nous passions nos vacances d'été en Provence dans la propriété d'une tante éloignée, c'était de nous échapper pour aller traîner au village et acheter des caramels à un centime, des Mistral gagnants.

Les enfants dérangent l'ordre établi, bousculent les conventions, mais ils sont la vie. Une maison familiale, à la différence de la simple « propriété d'agrément », qui a pour seule finalité la jouissance de quelques semaines de vacances, nous confronte à un autre rapport au temps et favorise l'implantation durable. Il ne s'agit pas de vanter les valeurs familiales, loin de là. Et je comprends parfaitement tous ceux qui, au contraire, apprécient une vie hors de toute contrainte, légère. C'est une question d'épaisseur, de densité, de texture, de perspective.

Les enfants aussi peuvent saturer, trouver les parents trop pesants, avec leurs manies de vouloir tout régenter. D'imposer leur rythme. Et bien souvent, on se détache d'une maison de famille parce qu'on ne s'y sent pas chez soi. Parce ce que, au lieu d'être une sorte d'« installation » dynamique, en perpétuelle évolution, que chacun s'approprie à sa manière, certaines demeures ont tendance à devenir l'incarnation d'une conception rigide de la vie. Parce que la génération qui la possède veut imposer ses choix à la suivante, qui en héritera un jour, parce qu'elle veut perpétuer un ordre ancien, conserver, coûte que coûte.

Le plus délicat, ce sont les « pièces rapportées », gendres, brus, compagnes ou compagnons, petits amis. Sous prétexte qu'ils font irruption dans l'histoire de la maison de famille, certains parents ne leur donnent pas voix au chapitre. Et ceux-là, qui viennent pleins de bonnes intentions, se sentent étrangers. Pire, les maîtres des lieux leur décocheront des réflexions qu'ils n'oseraient faire à des amis de passage.

– Vous êtes bien élégant, assène d'un ton persifleur la belle-mère, façon de souligner qu'ici on est à Chamonix et pas à Megève, de suggérer que la tenue est un peu précieuse, en comparaison des vieux pantalons de toiles élimés qu'arbore la faune locale.

– Vous ne mangez pas de fromage ? Vous avez peur de grossir ? Mais si vous allez faire une balade, vous grillerez les protéines, lance la Folcoche en herbe à une jeune femme fraîchement débarquée qui n'est pas friande de reblochon.

Pierre a une passion : composer du rap ! Une horreur ! Qu'importe, si tel est son bon plaisir, on va lui aménager le grenier où il pourra tester ses sonorités en toute tranquillité. Sophie passe des heures à se faire les ongles, s'applique chaque matin à faire son stretching ? Elle est légèrement obsessionnelle ? C'est son affaire. On va lui sortir un petit matelas de mousse pour lui servir de tapis de sol. Mieux encore, on va lui demander de vous initier à ses exercices. Et, qui sait, on y prendra plaisir. Une maison de famille doit être libérale, pour permettre à chacun de vivre à sa guise, dans le respect des autres. C'est un apprentissage de la vie en société.

Pour que tout le monde adhère à l'esprit maison, il est important qu'il y règne une atmosphère. Il faut des repères, des rites, des habitudes, qui généreront des souvenirs. Ainsi, à chaque séjour, on retrouvera avec plaisir certains magasins dont on est devenus des habitués.

– C'est le meilleur saucisson de la vallée, clamerons-nous tous en chœur.

On achète des tartes aux myrtilles à la pâtisserie Saint-Hubert, des sablés à la framboise au Fournil, des pâtes fraîches à la Spigga del Oro, de la viande des grisons au refuge Payot. On va jusqu'à Vallorcine[1] pour chercher le rôti de bœuf ou le gigot d'agneau, chez Ancey, une petite boucherie où règne une odeur un peu fétide, mais dont la viande est réputée à plusieurs kilomètres à la ronde. On attend le marché pour acheter le fromage dans la roulotte des Béatrix.

1. Village situé sur les hauteurs de la vallée de Chamonix, à deux pas de la frontière avec la Suisse.

Retrouver une maison de famille, après des mois d'absence, c'est aussi le plaisir de faire le tour des bistrots où l'on a ses habitudes. Où l'on est accueillis par quelques bises et un chaleureux : « Comment ça va ? Ça fait longtemps qu'on t'a pas vue dans le coin ! » La Crémerie, où l'on déguste reblochonades, vacherins chauds, fondues et autres mets amincissants. La maison Carrier, avec sa soupe aux cailloux et ses cuisseaux de chamois. L'Atmosphère, pour son atmosphère justement, au bord de l'Arve, dont on peut admirer les flots bouillonnants. Lillo et ses pizzas croustillantes.

Plus on tisse de liens avec l'environnement, plus on s'attache au lieu. On élargit le périmètre de son sentiment de possession, ou d'appartenance. On donne corps à son amour de la vallée. En arrivant de Paris, on est certes content de retrouver le paysage, les odeurs, mais aussi de discuter avec le skiman, de faire un stop au café des Sports... Et les enfants, habitués dès l'enfance à ces lieux, se sentent détenteurs d'une tradition. Une maison de famille, cela se façonne.

Ce sont des petits riens qui structurent la mémoire, scellent les souvenirs. Les bougies sur tous les rebords de fenêtre à Noël. La corvée de petit bois et de pommes de pin à la Toussaint. La visite annuelle à la Fondation Gianadda, de l'autre côté, en Suisse, et la provision de chocolats, dans le supermarché à la frontière. La collection de chapeaux plus ou moins loufoques, distribués aux uns et aux autres pour se protéger du soleil à l'heure du déjeuner. Le grenier où l'on a soigneusement rangé dans des malles les déguisements.

Et puis, il y a le livre d'or. Enfants, chez mes grands-parents qui avaient un chalet dans les Alpes du Sud, nous réfléchissions des jours et des jours pour savoir quoi écrire sur le livre d'or. Nous enquiquinions les adultes pour tester nos rimes. Nos exploits sportifs, narrés en alexandrins plus ou moins foireux, prenaient des allures d'odyssées. Un demi-siècle plus tard, c'est toujours avec un plaisir digne de la madeleine de Proust que nous relisons ces écritures maladroites, ces histoires d'enfants, banales, anodines, qui ont ainsi traversé le temps et survécu à l'oubli. La première étoile. La première coupe de ski. Le premier 2 000. La première nuit au refuge. La collection de coccinelles. La cabane en bois. La morsure de vipère...

Alors j'essaie, tant bien que mal, de perpétuer la tradition, et le jour du départ, j'implore mes invités pour qu'ils y inscrivent quelques mots. La première fois, ils sont réticents. Qu'écrire ? Et puis, au fil des ans, ils retrouvent avec plaisir la trace de leur précédent passage.

– Ah oui ! Je me souviens, le col de la Terrasse, c'était génial !

Hélas, plus personne ne se hasarde à des vers maladroits. Ni aux récits en forme d'épopée. La plupart du temps, je recueille quelques phrases fort courtoises mais convenues, pour remercier d'un séjour extraordinaire, dans un cadre idyllique, avec un accueil forcément chaleureux. Rares sont ceux qui s'aventurent à quelques commentaires humoristiques, mais les habitués finissent par s'enhardir.

L'écriture n'est malheureusement pas le fort de la nouvelle génération. En revanche, les jeunes font des merveilles en vidéo. Avec leurs téléphones, leurs petits appareils photo, ils filment tout et n'importe quoi. À l'arrivée, ils produisent des montages drôles et rythmés : chutes de ski et godilles stylées, silhouettes emmitouflées sur fond de tempête de neige ou corps abandonnés sur des chaises longues, batailles de boules de neige, visages hilares, tronches dépitées, boums improvisés au grenier, banquets arrosés... Mon neveu Gaëtan, ma fille Sidonie font preuve d'un vrai talent. On repasse en boucle des séquences qui deviennent aussi mythiques que certaines scènes de film. J'ai donc décidé de me mettre à la page. J'accumule les CD. Et j'espère que dans dix, vingt ans, enfants, neveux, amis reverront ces vestiges de vacances heureuses, dans une maison de famille qui aura survécu au temps.

CHAPITRE 13

« Ma querencia »

Souvenirs endormis, parfums abandonnés, les maisons hantent nos mémoires. Elles ont abrité notre enfance, bercé nos rêves d'adolescents, consolé nos peines. On a tous, quelque part, une maison de tante Léonie, un paradis perdu, avec un jardin fleuri, une grande cuisine, un salon intimidant. On a tous des saveurs de madeleines dans nos papilles. Des bruits, des odeurs, des atmosphères qui ne demandent qu'à ressusciter. Les après-midi d'été, chauds et laiteux, qui s'éternisaient, immobiles. Les grands lits glacés dans lesquels on se pelotonnait, l'hiver. Les bateaux sculptés dans un morceau de bois qui refusaient de flotter et sombraient dans les mares supposées être des océans. L'échancrure d'une fenêtre d'où l'on découvrait au petit matin les premiers rayons du soleil. Le grenier où l'on allait bouder. « La maison natale est plus qu'un corps de logis, elle est un corps de songes[1] », écrivait Gaston Bachelard.

1. *La Poétique de l'espace.*

« Mes plus forts souvenirs sont ceux de Mont-Noir, parce que j'ai là appris à aimer tout ce que j'aime encore : l'herbe et les fleurs sauvages mêlées à l'herbe, les vergers, les arbres... », disait Marguerite Yourcenar, parlant du château familial, dans le nord de la France, où, enfant, elle a passé toutes ses vacances d'été. Adulte, elle s'est recréé un univers : Petite Plaisance, une maison de bois sur l'île des Monts-Déserts, au fin fond du Maine, sur la côte Est des États-Unis. Dans ce refuge à l'écart des bruits du monde, elle avait entassé ses souvenirs. Des livres, des gravures, des photos, et tout un bric-à-brac : une collection de cailloux, une harpe du Kenya, un masque mortuaire de Napoléon, une statue de Bouddha, une photo des sœurs Brontë, une poupée jamaïcaine... Elle y a écrit, bien sûr, mais elle vaquait aussi aux tâches quotidiennes : ramassage des feuilles mortes, fabrication de son pain, travaux ménagers, autant de corvées transformées en petits bonheurs quotidiens quand il s'agit de sa maison.

En février 1850, alors qu'il voyage sur le Nil, Gustave Flaubert évoque dans ses carnets sa maison de Croisset au bord de la Seine : « Là-bas, sur un fleuve moins antique, j'ai quelque part une maison blanche dont les volets sont fermés, maintenant que je n'y suis pas. Les peupliers sans feuilles frémissent dans le brouillard... Les vaches sont à l'étable... J'ai laissé la longue terrasse bordée de tilleuls où l'été je me promène en peignoir blanc... » La maison, port d'attache, refuge, asile, havre de paix. C'est aux Charmettes de la baronne de Warens, « une petite maison au penchant d'un vallon », comme il l'a écrit, que Jean-Jacques Rousseau a vécu « le court bonheur de sa vie ». Pour François Mauriac, le manoir de Malagar, dans le Bordelais, était synonyme d'ennui, d'ennui profond, un décor où se ressassaient les haines familiales. Pourtant, il fut une source d'inspiration extraordinaire. L'auteur de *Nœuds de vipère* affirmait qu'un écrivain doit avoir des attaches provinciales, afin de pouvoir faire jaillir du fond des êtres les tensions et les passions qui, à Paris, s'édulcorent, s'éteignent dans le brouhaha. « Là, disait-il, dans la campagne bordelaise, les livres mûrissent en trois semaines. » Mais Malagar, c'était plus encore, comme en témoigne cette confidence : « J'ai lu dans l'admirable livre d'Ernest Hemingway, *Mort dans l'après-midi*, que les Espagnols appellent querencia l'endroit de l'arène où le taureau se réfugie pour mourir. Malagar est ma querencia. De sa terrasse, j'espère regarder l'éternité sans trop cligner des yeux... » On rêve tous d'une querencia.

Ce rêve de posséder une maison à soi ne se résume pas à une aspiration petite-bourgeoise. L'engouement pour les vieilles pierres, les maisons authentiques, les villages typiques, qui se manifestent à travers le succès des petites annonces et la prolifération des magazines de décoration, n'exprime pas un mal-être contemporain. Il ne s'agit pas, comme l'analysent d'éminents sociologues, d'une réaction à la société d'hyperconsommation, d'un refus de la modernité et de ses stéréotypes. Cette quête de racine puise au plus profond de notre être, dans un besoin animal, instinctif, de se mettre à l'abri du monde, pour durer, vivre. Et se préparer à mourir.

Grâce au succès de *Germinal*, Zola, le grand défenseur des pauvres et des opprimés, s'est offert Médan, « un trou charmant », près d'Orgeval. Il n'a eu de cesse d'agrandir sa propriété, rachetant des terres, faisant bâtir des ailes, un chalet norvégien, une tour, un cabinet de travail. Il y vécut une vie champêtre avec un potager, des serres, une allée de tilleuls. En bon notable provincial. L'immense Aragon, communiste et révolutionnaire, a offert à sa muse, Elsa Triolet, le moulin de Villeneuve, près de Chartres. Ils y recréèrent un monde à eux : icônes et estampes russes, porcelaines de Saint-Pétersbourg, tableaux de Picasso ou de Fernand Léger, leurs amis. « Un petit coin de France », comme disait le poète, pour sa compagne exilée. Balzac, Mark Twain, Emerson, Fitzgerald, Goethe, Beckett, Renan, Montaigne, Montesquieu, Paul Claudel, tous les écrivains ont évoqué leur querencia.

Une maison de famille, c'est une quête d'éternité, l'espoir que tout bouge et rien ne change. Même les plus grands peintres, reconnus de leur vivant, assurés de laisser un peu d'eux-mêmes à l'éternité, se sont façonné un univers. Manet, à Argenteuil, sur les bords de Seine. Monet à Giverny. Renoir, aux Colettes, près de Nice. Picasso à Vallauris. À chaque épreuve, de Gaulle se réfugiait à La Boisserie, dans ses terres de Haute-Marne. « D'un point élevé du jardin, j'embrasse les fonds sauvages où la forêt enveloppe le site, comme la mer bat le promontoire. Je vois la nuit couvrir le paysage. Ensuite, regardant les étoiles, je me pénètre de l'insignifiance des choses... Là, regardant l'horizon de la terre ou l'immensité du ciel, je restaure ma sérénité », écrit-il dans ses *Mémoires*.

C'est cela une maison. Un lieu familier, où l'on se retrouve, et où nos descendants se retrouveront. Un cercle. Une bulle. Un abri où, quels que soient les aléas de la vie, les agressions, les déconvenues, on peut se ressourcer. Un nid douillet. Un jour, le rêve devient réalité. On a la chance d'hériter ou de gagner un peu d'argent. On construit, on aménage, on retape, on restaure. Fébrilement. Une maison de famille, cela peut être une chaumière en Normandie, une bastide dans le Luberon, une villa à La Baule, une petite maison de pêcheur à Cancale, un presbytère en Bretagne, une ferme en Corrèze, un chai à l'île de Ré, un pavillon de chasse en Alsace, une bicoque à Cassis. Mais aussi une résidence, un pavillon, un appartement, un loft. Ou un simple cabanon. « J'ai un château sur la Côte d'Azur », aimait à dire Le Corbusier, qui ajoutait : « Il a 3,66 m par 3,66 m. C'est pour ma femme, c'est extravagant de confort, de gentillesse. » Son cabanon de Roquebrune, construit de ses mains, avec quelques planches et des matériaux de récupération, est devenu un mythe, un summum de l'architecture moderne. Durant dix-huit étés, ce génie, cette star internationale, qui donnait des conférences dans le monde entier, est venu passer tous les mois d'août dans cette méchante masure, avec une seule fenêtre. Et une vue à couper le souffle.

Une maison tient sa valeur des sentiments qu'elle inspire, des souvenirs qu'elle évoque, et aussi de son histoire. De ce point de vue, nous avons beaucoup de chance, le chalet Saint-Hubert a une histoire dont, par les hasards de la vie, nous sommes devenus les héritiers.

Quand nous avons acheté cette ferme, bâtie à la fin du XVIIIe siècle, elle appartenait à des sœurs. Des religieuses, très discrètes, qu'on voyait parfois traverser le village, d'un pas léger très clérical, avec leur aube et leur voile gris clair, chaussées de sandales. Leur présence dans cette station de montagne, au milieu des touristes en shorts, avec des mollets rougis par le soleil, était assez insolite. Il était le fruit du hasard. Marie Devouassoux, fille d'une grande famille de la vallée, l'avait léguée à la congrégation Saint-Joseph lorsqu'elle était entrée dans les ordres au début du siècle dernier. Au fil des temps, cette grande maison avait été transformée en maison d'hôtes, afin d'assurer de modestes revenus aux sœurs. L'été, quelques missionnaires venaient s'y reposer, se mêlant aux habitués.

Un jour, compte tenu de la baisse des vocations, l'évêché a décidé de fusionner différentes congrégations, et de restructurer leur patrimoine immobilier. La maison de repos de Chamonix fut donc mise en vente. Enfin, mise en vente, même pas ! « Cela s'est su », comme on dit dans les villages. Il se trouvait que mon guide, un Devouassoux lui aussi, était parent de sœur Marie. Son neveu. C'est ainsi que je fus mise au courant et introduite auprès de sœur Josépha, la gardienne des lieux. Une très vieille dame, toute menue, mais pleine d'énergie et dotée d'un caractère bien trempé. Après avoir exprimé, d'un ton sec, sa tristesse de devoir partir dans un avenir proche, celle-ci me fit tout visiter, de la cave au grenier. Fort courtoisement. Mais sans jamais se départir d'une posture glaciale, trahissant son hostilité à cette restructuration décidée en haut lieu.

Lorsque je fis acte de candidature pour acheter ce joyau – une des rares fermes d'origine encore à vendre dans le village –, je découvris qu'il y avait une bonne cinquantaine de prétendants. Des promoteurs locaux, de riches familles parisiennes ou lyonnaises, des Anglais. On évoquait des projets fous avec construction d'appartements, de parkings et même d'un lotissement dans le champ attenant qui du même coup aurait été désenclavé. Je craignais que le prix très raisonnable fixé par les Domaines, puisque la congrégation avait un statut d'association, ne grimpe à des hauteurs vertigineuses. Mais, croyant à ma bonne étoile, je continuais mes visites de courtoisie à sœur Josépha. La félicitant pour ses rosiers, admirant la vue, commentant la une du journal *La Croix* posée sur la table de la cuisine, m'intéressant à la vie des sœurs missionnaires, racontant la mienne. Au début, je ne le cache pas, ma démarche était purement intéressée. Et mon affabilité un rien forcée. Mais au fil des mois, nous avons noué des liens de sympathie. Elle savait à quel point j'aimais ces montagnes, quels liens d'amitié profonds j'avais noués avec J.P. et sa famille.

Un jour, au bout de longs mois, j'appris que c'était d'accord. C'était moi. Au prix fixé par les Domaines ! L'homme d'affaires chargé de la transaction me raconta, lors de la signature devant le notaire, que les sœurs souhaitaient que Saint-Hubert reste une maison de famille. De manière à respecter le calme de cette partie du village où vivaient en majorité des habitants du pays. Elles ne voulaient pas de hordes de touristes, entassés dans des petits appartements, déambulant bruyamment dans les ruelles. Et elles avaient diligenté une enquête auprès des voisins qui me connaissaient, pour être sûres que je ne ferais pas une promotion, que je conserverais l'âme du lieu. Non seulement je pouvais acheter, mais j'avais été désignée, choisie. Cela m'obligeait.

D'autant que cette maison a longtemps fait partie de la vie du village. Le curé faisait le catéchisme dans la salle à manger. Les lingères venaient y laver les draps des hôtels, du temps où les machines à laver n'existaient pas. Le cristallier Daniel Lagarde, comme Jean-Mi, propriétaire du principal magasin de sport, y ont loué une chambre à l'année quand ils débarquèrent dans la vallée.

Parfois, j'ai un peu honte d'avoir transformé la chapelle en arrière-cuisine ! La petite icône accrochée au-dessus de la porte ne suffit pas à me faire pardonner. Mais pour le reste, j'ai conservé l'esprit du lieu. Souvent pendant l'été, quelques religieuses passent revoir cette maison où elles ont fait des séjours. Je n'ai reçu que des félicitations. Je leur ai proposé de leur prêter la maison, pour y passer quelques jours de vacances. Mais, trop discrètes, elles n'ont jamais osé.

Ma querencia, c'est cette bâtisse rustique et massive, construite par des paysans, avec des matériaux du cru : du sapin, du mélèze, du granit, des pierres de l'Arve. Un point fixe, un havre de paix, pour me reposer de l'hystérie de la capitale et des bruits médiatiques. Pour recevoir ceux qui me sont chers. Et offrir à mes enfants un pan d'éternité.

POSTFACE

Chers amis

À la lecture de ces quelques pages, combien d'entre vous ont dû se reconnaître ! J'imagine votre tête. Votre indignation. « On ne remettra pas les pieds chez eux ! » Rassurez-vous, toute ressemblance avec la réalité est purement fortuite, comme on dit. J'ai déformé, caricaturé, pixellisé, inventé, exagéré… Et puis, même s'il y a une part de vérité, au bout du compte, c'est le mélange de rires et de cris, d'enthousiasmes et de crispations qui contribue à fabriquer des souvenirs en relief. A posteriori, tous ces moments vécus en commun, dans ce lieu magique, se transforment en parcelles de bonheur. Avec le temps, comme dans les albums de photos, on ne conserve en mémoire que les images à l'eau de rose, les souvenirs Kodachrome, comme disait James Ellroy.

« Revenez donc passer quelques jours chez nous… »

Table

DU MÊME AUTEUR

Bruno Peyron, le récit d'une victoire
Hachette Carrère, 1993.

Les Deux Nicolas, la machine Balladur
Plon, 1994

L'Impossible Victoire
Robert Laffont, 1995

Le Fiasco
Albin Michel, 1996

Deux femmes au royaume des hommes
Hachette Littératures, 1999

Les Frères invisibles
en collaboration avec Renaud Lecadre
Albin Michel, 2001

Les Intouchables
Grandeur et décadence d'une caste :
l'inspection des Finances
Albin Michel, 2004

Nos vaches sacrées
Guérir la France sans elles
Albin Michel, 2006

Le Sacre de Nicolas
Petits et grands secrets d'une victoire
Le Seuil, 2007

Composition Nord Compo
Impression : Imprimerie Floch, avril 2008
Éditions Albin Michel
22, rue Huyghens, 75014 Paris
www.albin-michel.fr
ISBN : 978-2-226-18397-2
N° d'édition : 25533 – N° d'impression : 70935
Dépôt légal : mai 2008
Imprimé en France.